동물농장

조지 오웰 지음 | 정홍택 옮김

소담출판사

정홍택

서울 출생. 한국외국어대학교 영어과 졸업. 미국 세인트존스 대학원 수학.
연세대 행정대학원 고위정책과정 수료.
한국일보 기자, 편집국장 예술의 전당 총무, 운영국장 역임.
저서로 『미국말(전2권)』 『잡학사전(전2권)』 등이 있다.

BESTSELLER WORLDBOOK 30

동물농장

펴낸날 ㅣ 1992년 10월 5일 초판 1쇄
        1998년 6월 5일 중판 1쇄
        2012년 7월 2일 중판 38쇄

지은이 ㅣ 조지 오웰
옮긴이 ㅣ 정홍택
펴낸이 ㅣ 이태권
펴낸곳 ㅣ (주)태일소담
        서울시 성북구 성북동 178-2 (우)136-020
        전화 ㅣ 745-8566~7 팩스 ㅣ 747-3238
        e-mail ㅣ sodam@dreamsodam.co.kr
        등록번호 ㅣ 제2-42호(1979년 11월 14일)
        홈페이지 ㅣ www.dreamsodam.co.kr

ISBN 89-7381-030-8 00840

Animals Farm

George Orwell

바깥에서 지켜보던 동물들의 시선은
돼지로부터 인간에게, 인간으로부터 돼지에게,
다시 돼지로부터 인간에게 왔다갔다했다.
그러나 어떤 것이 어떤 것인지 분간하기란,
사람이 돼지인지 돼지가 사람인지 구별하기란
이미 불가능해져 있었다.

Animals Farm

차례

서문

언론의 자유

  이 책을 처음 구상한 것은 그 중심 사상에 관한 한 1937년이었지만, 집필된 것은 1943년 말경이었다. 탈고가 되었을 즈음 그것이 출간되기에는 무척 어려우리라는 것이 명백해졌다(당시에는 신간이 모자라 책이라 할 만한 것들은 무엇이든 '팔릴' 것이 보증되었음에도 불구하고). 실제로 4개 출판사로부터 거절당했다. 그 중 단 하나의 출판사만이 거절에 대한 어떤 이념적 이유를 갖고 있었다. 2개 출판사는 수년 동안 반소적(反蘇的)인 도서를 출판해 왔으며, 나머지 한 군데는 뚜렷한 정치적 색채가 없었다. 한 출판사는 실제로 출판을 승낙하여 작업을 시작했으나, 예비 타협을 본 후 공보상(公報相)과

상의하기로 결정했다. 공보상은 출판사에 그 책의 출판을 반대하는 경고 내지 강력한 충고의 뜻을 표명했다. 그 편지를 초록하면 이러하다.

'본인은 『동물농장』에 관해 공보상의 고위 관리가 보인 반응에 대해 말씀드렸습니다. 이 같은 의사 표시는 본인에게 진지하게 검토하도록 만들었던 바를 고백해야겠습니다······ 이제 본인은 그것을 출판하는 것이 매우 무분별한 행위로 생각된다는 것을 알 수 있습니다. 그 우화가 일반적인 독재자 또는 독재권에 대한 것이라면 출판은 문제없었을 것입니다. 그러나 본인이 보건대, 그 우화는 아주 완벽하게 소련의 소비에트 정권 전개 과정과 그들의 두 독재자에 해당되며, 따라서 그것은 오직 소련에만 적용될 뿐 다른 독재자는 제외되어 있다는 것입니다. 또 한 가지, 그 우화의 지배 계급이 돼지가 아니었다면 불쾌감은 덜했을 것입니다. 본인은 지배 계급으로 돼지를 선택한 것은 의심할 바 없이 많은 사람들에게, 특히 웬만큼 예민한 사람에게 불쾌감을 줄 것이며, 소련 국민도 틀림없이 그럴 것이라 생각합니다.'

이런 일은 좋은 징조가 아니다. 정부 기관이 공식적으로 후원하지 않는 책에 대해 검열권을 행사한다는 것은 아무도 반대하지 않을 안보검열을 제외하고는 분명히 바람직하지 못하다. 그러나 이 순간 사상과 언론의 자유에 대한 최대의 위협은 공보상이나 여타 기관의 직접적인 간섭이 아니다. 출판인과 편집자가 어떤 토픽을 출판하지 않으려고 애쓴다면 그것은 처벌을 두려워해서가 아니라 여론을 두려워하기 때문이다. 우리 나라에서 지식인의 비겁성은 작가나 언론인이 당면한 최악의 적이며, 그러한 사실은 충분히 검토되지 않았던 것으로 생각된다.

언론계의 경험을 가진 공정한 사람이라면 이번 전쟁(제2차 세계대전) 중 '공적' 검열이 특별히 치사하지는 않았다는 것을 인정할 것이다. 우리는 마땅히 예기했어야 할 전체주의적 '협조'와 같은 류에 구속되지 않았던 것이다. 신문은 몇 가지 적당한 불만을 갖고 있었지만 정부는 전반적으로 잘 처리했으며, 소수 의견에 놀랄 만큼 관대해 왔다. 영국의 도서검열에 대한 기분 나쁜 사실은 그것이 대부분 자발적이라는 점이다. 인기 없는 사상은 침묵시키며, 마땅찮은 사실들은 아무런 공식적인 금지의 필요가 없음에도 불구하고 밝혀 놓지 않았다. 외국에 오래 거주한 사람이라면 정부가 간섭해서가 아니라 특정한 사실을 언급하려 '들지 않으려는' 일반적인 묵계 때문에 영국 신문에 보도되지 않은 센세이셔널한 뉴스(외국 같으면 마땅히 커다란 표제로 보도되었을)의 예들을 알고 있을 것이다. 일간지에 관한 한 이것은 쉽사리 이해된다.

영국 신문들은 극도로 집중화되어 있고, 그 대부분은 어떤 중요한 테마에 대해서는 정직해질 수 없는 여러 이유들을 가진 부유층들이 소유하고 있다. 어떤 순간에고 정당하게 생각하는 모든 사람들이 이의 없이 받아들일 것으로 예상되는 하나의 권위 또는 사상체가 있기 마련이다.

그것은 정확히 이래라저래라고 말하도록 명령하는 것이 아니라, 마치 중세기 빅토리아 시대에 숙녀 앞에서는 바지에 대해 말하려 '들지 않는' 것처럼 아무것도 말하려 '들지 않게' 하는 것이다. 지배적인 권위에 도전하는 사람은 놀랄 정도의 반응 때문에 입을 다물어 버리게 된다. 진짜 유행성이 없는 의견은 대중지에서나 고급 잡지에서나 거의 제대로 경청될 수 없는 것이다.

지금 지배적인 권위가 요구하는 것은 소비에트 러시아에 대한 무비판적인 찬양이다. 모두가 이것을 알고 있고, 거의 모두가 그대로 행하고 있다. 소비에트 정권에 대한 진지한 비판이나 소비에트 정부가 감추고자 하는 사실의 폭로는 거의 인쇄될 수 없다. 그리고 우리의 동맹국에 아첨하려는 범국민적인 음모는 아주 기묘하게도 순수한 지적 관용성의 배경에 반해서 일어나고 있다.

왜냐하면 소비에트 정부를 비판하는 것은 허용되지 않지만 우리 정부를 비판하는 것은 당연히 자유이기 때문이다. 스탈린에 대한 공격문은 거의 인쇄되지 않지만 어떻든 책으로나 잡지로나 처칠을 공격하는 것은 아주 안전하다. 그리고 전쟁이 계속된 5년 동안 우리가 국가 안위를 위해 싸우고 있던 2, 3년 동안 평화 타결을 옹호하는 수많은 도서, 팸플릿, 잡지들이 간섭 없이 출판되었다. 더욱이 그것들이 출판되었음에도 별다른 비난이 없었다. 소련에 대한 신망에 저촉되지 않는 한 자유 언론의 원칙은 정당하게 훌륭히 지켜졌다. 그러나 여러 가지 그 밖의 금지된 토픽이 존재하고 있으며 이제 그 중 몇 가지를 언급하겠지만, 소련에 대한 현재의 태도가 가장 심각한 징조를 이룬다. 그것은 전에도 그랬던 것처럼 자발적이며 어떤 압력단체의 작용 때문이 아니다.

영국 인텔리겐치아의 대부분이 1941년 이후 소련의 선전을 통째로 받아들여 그대로 반복하는 비열성은 그 이전 수차에 걸쳐 그와 비슷하게 처신한 예가 없었더라면 아주 경악스런 일이었을 것이다. 잇따른 쟁점에 대해 소련의 견해는 아무런 검토 없이 받아들여졌고, 역사적 진실이나 지적 품위를 전적으로 무시한 채 그것을 출판했다. 단한 가지 예를 들자면 BBC방송은 적군(赤軍) 25주년을 축하하면서도 트로츠키에 대해서는 조금도 언급하지 않았다.

그것은 트라팔가르 해전을 기념하면서 넬슨 제독을 언급하지 않는 것과 아주 똑같은 것이지만, 영국 인텔리겐치아 누구도 항의하지 않았다. 여러 피점령국의 국내 항쟁에 있어서도 영국 신문은 대부분 소련이 지원하는 파에 편들면서 반대파를 비방하고, 때로는 그런 목적으로 물적 증거마저 묵살했다. 그 뚜렷한 케이스가 유고의 체트닉 지도자인 미하일로비치 대령의 경우다. 소련은 티토 원수를 보호하면서 미하일로비치가 독일에 협조한다고 비난했다. 이 비난이 즉각 영국 신문에 채택되었다. 미하일로비치 지지자들은 거기에 해명할 기회를 얻지 못했으며 그것에 모순되는 사실들은 그대로 인쇄되지 않았다.

1943년 7월, 독일은 티토의 체포에 금화 10만 크라운을 보상금으로 내놓았으며 미하일로비치에 대해서도 비슷한 보상금을 내걸었다. 영국 신문들은 티토에 대한 보상금에 '떠들썩했지만' 미하일로비치에 대한 보상금에는 오직 한 신문만이(그것도 조그맣게) 언급했으며, 그가 독일과 협조하고 있다는 비난은 계속되었다. 이와 아주 비슷한 일들은 스페인 내란 중에도 있었다. 당시에도 역시 소련이 분쇄하기로 결정한 공화파(共和派)들은 영국의 좌익신문에서 무자비하게 공격당했으며 그들을 옹호하는 어떤 기고도, 그리고 독자 편지까지도 게재되는 것이 거절되었다.

현재 소련에 대한 진지한 비판은 괘씸한 일로 생각될 뿐 아니라 그 같은 비판이 있다는 사실조차 때로는 은폐되고 있고, 예컨대 트로츠키는 암살당하기 전에 스탈린 전기를 썼었다. 그것이 전혀 편견 없는 전기가 아니라는 것은 상상할 수 있지만 분명히 많이 팔릴 것이었다. 미국의 한 출판사가 그것을 출판하기로 결정하고 인쇄까지 했다(나는 그 서평원고가 방송되었으리라 믿는다). 바로 그때 소련이 전쟁에 참가했다. 그리고 그 책은 즉시 취소되었다. 그런 책이 분명히 존재하고 있음이, 그리고 그것이 억압되고 있음이 몇 행의 기삿거리였음에도 불구하고 영국 신문에는 이에 대해 한마디 말이 없었다.

영국의 인텔리겐치아가 자발적으로 스스로에게 부여하는 검열과

때로 압력단체에 의해 강요될 수 있는 검열을 구별하는 것이 중요하다. 악명 높게도 특정의 토픽은 '기득권'이란 이유로 토론될 수 없다. 가장 유명한 케이스가 특허약 소동이다. 또한 카톨릭 교회가 신문에 상당한 영향력을 갖고 있어 스스로에 대한 비판을 어느 정도 침묵시킬 수 있다. 카톨릭 신부가 관련된 스캔들은 거의 공개되지 않지만 성공회(聖公會) 신부는 큼직한 기사가 된다. 반카톨릭 경향을 띤 연주나 영화가 상영된 예는 아주 드물다. 배우라면 누구나 카톨릭 교회를 공격하거나 희롱하는 연주 또는 영화는 신문에서 보이코트당하거나 실패하리라는 것을 말해줄 것이다.

그러나 이런 일은 무해할 뿐더러 적어도 이해할 만하다. 거대한 조직은 가능한 한 자신의 이익을 추구할 것이며 노골적인 선전에 반대할 것은 아니다. 《카톨릭 헤럴드》지가 교황을 비난하는 것을 상상할 수 없는 것처럼 《데일리 워커》지가 소련에 불리한 사실을 공개하리라고 아무도 상상하지 않을 것이다. 그러나 그때 생각할 줄 아는 사람은 《데일리 워커》지와 《카톨릭 헤럴드》지가 왜 그러는지를 알고 있는 것이다.

걱정스러운 것은 소련과 소련의 정책이 관련된 부분에서는 스스로의 견해를 거짓되게 만들 아무런 압력도 받지 않는 자유스런 작가와 언론인들로부터 지적 비판이나 때로는 정직성마저 기대할 수 없다는 것이다. 스탈린은 신성불가침이고 그의 정책 중 어떤 부문은 진지하게 토의해서는 안 된다. 이 규칙은 1941년 이래 거의 보편적으로 준

수되어 왔지만, 그러나 그것은 그보다 10년 전의 생각보다 훨씬 강하게 작용했었다. 그 당시 소비에트 정권에 대한 '좌익으로부터의' 비판은 간신히 들어 볼 수 있었다. 반소적인 문헌이 상당량 쏟아져 나왔지만 그 대부분은 보수적인 각도였으며 분명히 부정직하고 낡았으며 옹졸한 동기에서 나온 것이었다. 또 다른 한편, 그와 비슷한 상당량의 친소 선전물이 줄기차게 나왔는데 그 대부분이 똑같이 부정직하고, 세련된 방법으로 극히 중요한 문제를 토론하려는 사람들에게는 거부당할 것들이었다.

사실 누구나 반소적인 책을 출판할 수 있었지만 그렇게 하면 틀림없이 고급지 거의 전부로부터 무시되거나 와전될 것이었다. 공적으로나 사적으로나 그는 그렇게 '하지 말아야 한다' 고 경고받는다. 그가 말하는 것이 옳을지 모르지만, 그러나 그것은 '시의에 맞지 않거나' 이편 혹은 저편의 반동이익의 '손안에 놀아나는' 것이다. 이러한 태도는 보통 국제적인 상황과 영 · 소 동맹의 절박성이 그러기를 요구한다는 근거에서 옹호되었지만, 그러나 이것이 합리화시킨 구실임이 명백하다. 영국의 인텔리겐치아 또는 그 중 상당 부분은 소련에 대한 민족주의적 충성심을 키워 왔으며 그들은 가슴속으로 스탈린의 지혜에 의심을 던지는 것은 일종의 신성모독이라고 느꼈다. 소련에서의 사건과 그 밖의 곳에서 일어난 사건은 다른 기준으로 판단되어야 했다. 1936~1938년 숙청의 끊임없는 처형은 평생을 사형 반대에 몸바쳐 온 사람들로부터 갈채를 받았으며 인도에서 일어난 기근을

16

보도하면서 우크라이나에서 일어난 기근을 감추는 것이 똑같이 공정한 일로 생각되었다. 이런 일이 전쟁 전에도 사실이었다면 지금이라 해서 지적 분위기가 나아진 것은 조금도 없다.

그러나 이제 이 책으로 돌아오자, 그에 대해 영국 대부분의 지식층이 갖는 비평은 아주 명백한 것이다. '그것은 간행되지 말았어야 할 것이었다.' 모욕의 기술을 이해하는 비평가들이라면 당연히 정치적 근거에서가 아니라 문학적 근거에서 공격할 것이다. 그들은 이 책이 우둔하고 형편없는 책이며, 종이의 추잡스런 낭비라고 말할 것이다. 그게 사실일는지도 모른다. 그러나 그것으로 끝낼 일은 아니다. 좋지 않은 책이라는 이유만으로 간행되지 말았어야 할 것이라고 말하지 않는다.

어떻든 수많은 잡동사니가 매일 인쇄되지만 아무도 그걸 괴로워하지 않는다. 대부분의 영국 인텔리겐치아는 이 책이 그들의 '지도자'를 비방하고 '그들이 보는 바대로라면' 진보의 과정에 해를 주기 때문에 반대할 것이다. 만약 이 책이 반대의 성격을 갖고 있다면 그들은 지금보다 10배의 결점이 두드러진다 하더라도 이 책에 반대하지 않을 것이다. 예컨대 4, 5년에 걸쳐 '좌익도서 클럽'이 성공한 것은 그들이 아무리 야비하고 무책임한 저술일지라도 자기들이 듣고 싶어 하는 것을 갖춘다면 관대하게 받아들이는 예를 보여준다.

여기에 관련된 문제는 극히 단순한 것이다. 즉, 모든 의견은 아무리 인기 없고 어리석기까지 하더라도 들을 만한 가치가 있는가? 문제가 이대로라면 영국 지식인 대부분은 '그렇다'고 말하리라고 생각할 것이다. 그러나 문제를 구체적으로 만들어 '스탈린에 대한 공격은 어떤가? 그것은 들을 만한 가치가 있는가?'라고 질문하면 대답은 대부분 '아니다'라고 할 것이다. 그럴 경우 현재의 권위는 도전받게 되며, 그리하여 자유언론의 원칙은 기울어진다. 이제, 인간이 언론의 자유를 요구할 때 그는 절대적인 자유를 요구하고 있는 것은 아니다. 조직사회들이 존재하는 한 어느 정도의 검열은 언제나 존재하는 것이며, 어떻게든 앞으로도 계속 존재할 것이다. 그러나 자유란, 로자 룩셈부르크가 말한 것처럼 '이웃 사람을 위한 자유'다. 이와 똑같은 원리는 볼테르의 다음과 같은 유명한 구절에도 들어 있다.

'나는 네가 말하는 바를 증오한다. 그러나 목숨을 걸고 네가 말할 수 있는 권리를 옹호하겠다.'

의심할 바 없이 서구문명의 탁월한 징표로 되어온 지적 자유는 어떻든 모든 것을 의미한다. 그것은 각자가 자기가 진실이라고 믿는 것을 말하고 인쇄할 권리를 갖는다는 것을 의미한다. 그것이 극히 명백히 공동 사회의 타구성원에게 해를 주지만 않는다면 말이다. 자본주의적 민주주의나 사회주의의 서구판 모두가 최근까지 그 원칙을 인정해 왔다. 우리 정부도 내가 앞서 지적한 것처럼 그것을 존중하는 모습을 보여준다. 시정의 범인들도 아직까지 흐릿하게나마 「나는 각자가 자신의 의사에 대한 권리를 소유한다고 믿는다」고 주장한다(아마 그 이유의 일부는 그들이 자기들을 억압하는 사상들에 대해 충분한 관심을 갖지 못하기 때문일 것이다). 이론상으로나 실제적으로 그 것을 경멸하기 시작한 사람들은 주로 문학적·과학적 인텔리겐치아 로서 바로 자유의 옹호자가 되어야 할 사람들이다.

우리 시대의 특이한 현상 중의 하나는 변절하는 자유주의자다. '부 르주아 자유주의'가 하나의 환상이라는, 마르크스주의자의 상습적 인 주장 위에 민주주의는 전체주의 방법으로써만 옹호될 수 있다는 주장이 광범하게 퍼져 있다. 그 주장에 의하면, 인간이 민주주의의 적을 쳐부수어야 한다는 것이다.

그러면 그 적은 누구인가? 그것은 언제나 공개적이며 의식적으로 민주주의를 공격하는 사람들뿐 아니라 잘못된 주장을 펼침으로써 민 주주의를 '객관적으로' 위태롭게 만드는 사람들인 것으로 밝혀진다. 환언하면 민주주의의 옹호가 사고의 모든 독립성을 파괴하는 것을 내포한다. 이런 주장은 예컨대 소련에서의 숙청을 정당화시켜 주는 데 이용된다. 아무리 열성스런 친소파라 할지라도 그 모든 희생자들 이 고발당한 그대로 죄가 있다고 믿기는 힘들 것이다. 그러나 이단적 인 견해를 소유함으로써 그들은 객관적으로 정권에 해를 입혔고, 따 라서 그들을 학살할 뿐 아니라, 허위의 고발로 그들을 불신케 만들도 록 하는 것이 당연하다는 것이다. 이와 똑같은 주장은 트로츠키 파와 스페인 내란에서의 소수공화파에 대해 좌익신문에서 가한 아주 의식 적인 거짓말들을 정당화하는 데에도 이용되었다. 그리고 그것은 다 시 모슬리(영국 파시스트 지도자인 오스월드 모슬리 경)가 1934년에 석방되었을 때, 인신보호령에 대해 분통을 터뜨린 이유가 되었다.

이런 사람들은 전체주의 방법을 육성했을 경우, 그것이 자기들을 이롭게 하는 대신에 적대하는 데 이용될 날이 오리라는 것을 알지 못한다. 재판 없이 파시스트를 투옥하는 일이 습관화되면 아마 그 과정은 결코 파시스트로만 멈추지 않을 것이다. 억압된 《데일리 워커》 지가 원상 복구된 직후 나는 런던 남부의 한 노동자 대학에서 강의를 맡고 있었다. 수강자들은 노동층과 중하류 지식인들로 좌익도서 클럽 지부의 회합에서 봄직한 청중과 같은 사람들이었다.

강의는 신문의 자유에 관한 것이었는데 놀랍게도 강의 마지막에 여러 청중이 일어나 《데일리 워커》 지의 금지 해제가 커다란 잘못이라고 생각하지 않느냐고 내게 질문했다. 왜 그러느냐고 내가 반문하자, 그들은 그 신문은 충성심이 의심스럽고, 따라서 전시에는 허용되어서는 안 된다고 대답했다. 나는 여러 차례 그들 나름대로의 방법으로 나를 비방했던 《데일리 워커》 지를 옹호하게 되었음을 깨달았다. 그러나 이들은 이처럼 본질적으로 전체주의적인 견지를 어디서 배웠는가? 확실히 그들은 공산주의자들로부터 배워 온 것이었다!

관용과 품위는 영국에 깊이 뿌리박고 있지만, 그것들은 파괴시킬 수 없는 것이 아니며, 따라서 의식적인 노력으로 생명을 갖게끔 만들어야 한다. 전체주의적 교리를 설교하는 효과는 자유스런 국민이 무엇이 위험하고 무엇이 위험하지 않은가를 아는 수단으로서의 직각력을 약화시킨다. 모슬리의 케이스가 이것을 설명해 준다.

1940년에는 모슬리를 구속하는 것이 그가 기술적인 범죄를 저질렀든 않았든 간에 지극히 정당했다. 우리는 우리의 생명을 위해 싸우고 있었고 어떤 가능한 반역자를 자유롭게 놓아둔다는 것을 허락할 수 없었다.

1943년에는 재판 없이 그를 계속 구속시켜 둔다는 것은 불법이었다. 일반적으로 이런 점을 알지 못한 것은 나쁜 징조였다. 모슬리의 석방에 반대하는 소요가 부자연스럽기도 하며, 다른 불만의 합리화이기도 했던 것이 사실이지만 말이다. 그러나 오늘날의 파시스트적 사고방식으로의 추세가 지난 10년 동안의 반파시즘으로 추적될 수 있으며, 그것은 파렴치를 초래하지 않았던가?

현재의 소련열광주의는 서구 자유주의의 전통이 일반적으로 약화되었다는 하나의 징조라는 것을 알아두는 것이 중요하다. 공보상이 이 책의 발간에 참견하여 분명히 거부권을 행사한다 하더라도 대부분의 영국의 인텔리겐치아들은 여기에 불만을 가질 이유가 없을 것이다. 소련에 대한 맹목적인 충성은 오늘날의 교조가 되었고, 소련의 이해가 개입된 곳에서는 그들은 검열뿐 아니라 역사의 자의적인 왜곡까지 기꺼이 허용한다.

하나의 예를 들자. 존 리드는 별세 즈음에 그의 저서 『세계를 흔든 10일간』(소련 혁명의 초기에 대한 일급 설명서)의 판권이 영국 공산당의 수중으로 넘어갔는데, 내가 믿기에는 리드의 유언에 의해서였다.

몇 년 후 영국 공산당은 가능한 한 완벽히 원본을 파괴하여 트로츠키에 관한 언급 부분을 삭제하고, 레닌이 쓴 서문을 없앤 수정판을 발간했다. 급진적인 인텔리겐치아가 영국에 여전히 상존했다면 이 같은 위조 행위는 전국의 모든 신문에 폭로, 비난되었을 것이다. 그러나 실제로는 거의 아무런 항의가 없었다. 많은 영국 지성인들에게 그것은 아주 자연스러운 일로 보인 것 같다. 그리고 이 같은 명백한 부정직의 관용은 소련에 대한 찬양이 이 순간 유행처럼 되어 버린 것보다 훨씬 더 많은 것을 의미한다. 어떤 유행이 영속되지 않을 것은 명백하다. 내가 생각하는 바로는 이 책이 출판될 즈음엔 소비에트 정권에 대한 나의 견해가 일반적으로 수긍되는 것일지도 모른다. 그러나 그 자체가 무슨 소용이 있는가. 하나의 교조를 또 다른 교조로 바꾸는 것이 반드시 전진은 아니다. 이 순간 돌고 있는 레코드에 동의하든 안 하든 축음기처럼 내재해 있는 생각이 적인 것이다.

나는 사고와 언론의 자유에 적대되는 주장들은 있을 수도 없다고 강조하는 주장들과 그렇게 해서는 안 된다고 강조하는 주장들을 모두 잘 알고 있다. 나는 그것들이 나를 납득시키지 못하고 있으며, 1백 년에 걸친 우리의 문명이 그와 반대의 관념 위에 서 있어 왔다고만 대답할 뿐이다. 지난 10년 동안 나는 현존의 소련 정권이 악한 것이라고 믿어 왔으며, 우리가 이기기를 원하는 전쟁에서 소련이 우리의 동맹국이라는 사실에도 불구하고 나는 그렇게 말할 권리를 갖고 있다. 나 자신을 해명할 테스트를 고르라 한다면 나는 '고래(古來)의

자유란 주지의 법칙에 의해(By the known rules of ancient liberty)'
란 밀턴의 구절을 고르겠다.

고래란 말은 지적 자유가 뿌리 깊은 전통이라는 사실을 강조해 주
는데, 그러한 전통이 없었더라면 우리의 개성적인 서구문화는 그 존
재가 의심스러울 것이다. 그 전통으로부터 많은 지성인들이 눈에 띄
게 전환하고 있다. 그들은 책을 출판하거나 억제하는 것, 칭찬하거나
비난하는 것이 그 책의 장점에서가 아니라, 정치적 편의에 따른다는
원칙을 수락했다.

그리고 실제로 이러한 견해를 갖지 않는 여타의 사람들은 순수한
비겁성 때문에 여기에 동의한다. 이 같은 예는 수많은 영국의 평화주
의자들이 소련의 군국주의에 대한 예찬을 반박하는 항의의 소리를
올리지 못했다는 데에서 볼 수 있다. 이 평화주의자들에 의하면 모든
폭력은 죄악이며, 그들은 전쟁의 매 단계마다 굴복하거나 적어도 화
평을 맺으라고 촉구해 왔다. 그러나 그들 중 몇 명이 전쟁이 적군(赤
軍)에 의해 수행될 때 그것을 죄악이라고 말했는가. 소련인은 분명히
자기를 변명할 권리를 갖고 있지만, 그러나 우리가 그렇게 하는 것은
중대한 죄악이다. 이런 모순을 설명하는 방법은 다음 한 가지뿐이다.
즉 영국보다 소련에 애국심을 비치고 있는 인텔리겐치아 대부분과
공동 보조를 취하려는 비겁한 열망 때문이라고.

나는 영국 인텔리겐치아가 스스로의 소심중과 부정직에 대해 갖가
지 이유를 갖고 있음을 알고 있다. 나는 그들의 자기 변호 주장을 속

속들이 알고 있다. 그러나 적어도 파시즘에 대항하는 자유의 옹호에 대해 더 이상 넌센스를 말하지 말자. 자유가 모든 것을 의미한다면 그것은 사람들이 듣고 싶어하지 않는 것을 말하는 권리를 의미한다. 범인들은 아직껏 희미하게나마 교리에 의존하고 있으며, 그에 의해 행동한다. 우리 나라처럼 모든 나라가 똑같지 않다. 프랑스 공화정에서도, 오늘의 미국에서도 그렇지 않다. 자유를 두려워하는 자가 자유주의자이며, 지성에 재를 뿌리고 싶어하는 자가 지성인이다. 내가 이 서문을 쓰는 것은 이런 사실에 관심을 환기시키기 위해서이다.*

---

* 이 서문은 《뉴욕 타임스》 1972년 10월 8일자에 전문 게재된 조지 오웰의 『동물농장』을 위한 미발표 원고이다. 잘 알다시피 1945년에 출판된 『동물농장』에는 아무런 서문이 수록되어 있지 않을 뿐더러 그가 그 책을 위해 서문을 썼다는 사실조차 밝혀져 있지 않다. 《뉴욕 타임스》도 소니아 브라우넬 오웰에 의해 제공된 1945년 집필의 『동물농장』 서문이라는 점만 밝혔을 뿐, 오웰이 왜 이 글을 발표하지 않았으며, 어떤 경위를 통해 그의 사후 24년 만에 나타났는지에 대해 설명하지 않고 있다.

그러나 사정은 여하튼간에 이 서문은 2차대전 직후 『동물농장』을 발표할 즈음의 영국의 정신 풍토——지식인과 자유주의, 우방으로서의 소련과 독재체제로서의 소비에트, 신문과 정치, 창작과 문학의 정치화, 공산주의에 대한 환상과 인텔리겐치아의 오도에 대한 갈등을 날카롭게 해부하고 있다. 서문의 원제나 《뉴욕 타임스》의 수록 제목은 'The Freedom of the Press' 이다.

제1장

매너 농장의 존스 씨는 밤이 되어 닭장에 열쇠를 채우긴 했지만 술에 너무 취해 있어서 문닫는 것을 그만 잊어버리고 말았다. 둥그런 불빛이 이리저리 출렁이는 등(燈)을 들고 그는 뜰을 가로질러 뒷문가에서 장화를 휙 벗어 던진 후, 주방에 들어가 술통에서 맥주 한 잔을 마지막으로 들이켜고는 존스 부인이 벌써 코를 골며 깊은 잠에 빠져 있는 침대로 기어올라갔다.

침실의 불이 꺼지자마자 농장 건물 전체에서 부산하게 동요가 일기 시작했다. 미들 화이트 상(賞)을 받은 늙은 수돼지 메이저가 전날 밤 해괴한 꿈을 꾸었고, 그래서 다른 동물들에게 그 이야기를 하고 싶다는 소문이 낮 동안 빙 돌았던 것이다. 존스 씨가 자러 물러가기만 하면 큰 헛간으로 모두 모이자고 의견을 모았었다. 메이저 영감

(그가 품평회에 나갔을 때의 이름은 윌링턴 뷰티였지만 언제나 이렇게 불렸다)은 농장에서 깊은 존경을 받고 있었기 때문에 모두가 한 시간쯤 잠을 덜 자더라도 그가 말하는 것을 들어보기로 마음먹고 있었다.

큰 헛간의 한쪽 끝 높직이 쌓은 연단 비슷한 것 위에 메이저가 짚으로 만든 자리에 편안히 앉아 있었고, 그의 머리 위로 대들보에서 늘어뜨린 등이 걸려 있었다. 그는 열두 살이 되자 뚱뚱하게 살이 찌긴 했지만 여전히 위풍이 당당한 돼지였고, 한 번도 송곳니를 자른 적은 없지만 현명하고 인자한 외모를 지니고 있었다.

벌써부터 다른 동물들이 도착해 제각기 편안한 자세로 자리를 잡기 시작했다. 맨 먼저 온 불루벨, 제씨, 핀처 등 세 마리 개와 뒤따라 들어온 돼지들이 연단 바로 앞에 깔린 짚자리에 앉았다. 암탉들은 창문턱에서 홰를 쳤고, 비둘기들은 서까래 가에서 퍼덕거렸으며, 양과 암소들은 돼지 뒤에 엎드려 되새김질을 시작했다.

짐마차 말인 복서와 클로버는 함께 들어와 짚 속에 혹시 작은 동물이라도 있지 않을까 몹시 조심하면서 천천히 걸음을 옮기더니 털이 많고 널찍한 발굽을 굽혀 자리잡아 앉았다. 클로버는 중년기에 가까워진 퉁퉁하고 인자한 암말로 네 번째 새끼를 낳은 후로는 전과 같은 모습을 되찾지 못하고 있었다. 복서는 키가 거의 열여덟 뼘이나 되었고, 여느 말 두 마리가 합한 만큼 힘이 세었다. 코밑으로 난 흰 줄무늬 때문에 그는 어딘지 어수룩해 보였으며, 실상 그의 지능은 탁월하지 못했지만 꼿꼿하고 변함없는 성격과 작업할 때의 무지무지한 힘 덕분에 널리 존경을 받고 있었다. 말 다음으로 흰 염소 뮤리엘과 당나귀 벤자민이 왔다. 이 농장에서 나이가 가장 많은 벤자민은 성질도 가장 고약했다.

그는 말수가 매우 적었지만 어쩌다 말을 하더라도 으레 어딘가 비꼬는 말투였다. 예를 들면, 하느님은 파리를 쫓으라고 자기에게 꼬리를 달아 주었지만, 애당초 꼬리도 파리도 없었으면 좋았을 거라고 말했다. 농장의 동물 중 유독 그만이 웃지 않았다. 왜 그러느냐고 물으면 그는 웃을 일이 없어서라고 대답했다. 그럼에도 불구하고 그는 노골적으로 내색을 하지는 않았지만 복서에게는 속마음을 주었다. 그둘은 언제나 일요일이면 과수원 너머에 있는 작은 목장에서 나란히 풀을 뜯어 먹으며 말 없이 함께 시간을 보냈다.

두 마리 말이 막 자리를 잡자 어미를 여읜 새끼 오리 한 떼가 헛간으로 몰려 들어와 가냘프게 꽥꽥거리면서 자기들이 밟히지 않을 장소를 찾느라고 우왕좌왕했다. 클로버가 그 커다란 앞다리로 벽처럼 둥그렇게 만들어 주자 새끼 오리들은 그 안으로 몰려들어 금세 잠이 들어 버렸다.

끝으로 존스 씨의 마차를 끄는, 멍청하지만 예쁘장한 흰 암말 몰리가 뽐내듯 설탕 한 덩어리를 씹으면서 교태를 부리며 들어왔다. 그녀는 앞줄 가까이에 자리를 잡고는 갈기를 땋은 붉은 리본에 시선을 끌어들이려고 머리를 흔들기 시작했다. 맨 마지막으로 고양이가 들어와 언제나처럼 가장자리를 찾아 사방을 둘러보더니 마침내 복서와 클로버 사이로 비집고 들어갔다. 그녀는 메이저가 하는 말은 한마디도 듣지 않으면서 그 연설 전반에 만족하듯 그르렁거렸다.

뒷문 뒤 횃대에서 잠든, 길들여진 갈가마귀 모세를 제외하고는 동물들이 이제 모두 모였다. 메이저는 그들이 모두 편히 자리를 잡고 주목하여 기다리는 것을 보고 목소리를 가다듬어 일장 연설을 시작했다.

「동무들, 여러분들은 어젯밤 내가 꾼 이상한 꿈에 대해 이미 들으셨을 것입니다. 그러나 그 꿈 이야기는 나중에 하겠습니다. 나는 우선 여담을 하려고 하오. 동무들, 나는 여러분과 같이 지낼 날이 얼마 남지 않았다는 걸 알고 있소. 그래서 죽기 전에 내가 습득한 지혜를 여러분들에게 전해 주는 것이 내 의무라고 생각하는 바이오. 나는 오래 살아왔고, 우리에서 혼자 누워 있을 때는 많은 시간을 명상으로 보냈습니다. 그래서 나는 지금 이 세상에 살고 있는 어떤 동물들 못지 않게 이 지상에서의 삶의 본질을 이해하게 되었다고 말해도 좋을 듯싶소. 내가 여러분들에게 말하려는 것은 이 점에 관한 것입니다.

자, 동무들, 우리의 삶의 본질은 무엇입니까? 똑바로 생각해 봅시다. 우리의 삶은 비참하고 고되며 짧습니다. 우리는 세상에 태어나서 목숨을 겨우 유지할 만큼만 먹이를 얻어먹고는 일할 수 있는 자들은 마지막 한 방울의 힘까지 일하도록 강요당하고 있소. 그러다가 우리가 쓸모없게 되면 즉시 무시무시하고도 잔인하게 도살당합니다. 영국의 동물치고 늘그막에 '행복'이나 '여가'란 말의 뜻을 아는 자는 하나도 없을 것입니다. 영국의 동물들은 자유가 없어요. 동물의 생애는 비참과 노예 상태가 전부요. 이것은 분명한 진리입니다.

그러나 이것이 단순히 자연의 질서일까요? 우리의 이 땅이 너무 빈약해서 여기에 살고 있는 우리들에게 바람직한 생활을 제공하지 못하기 때문에 이럴까요?

아닙니다, 동무들, 천만의 말씀입니다. 영국의 땅은 기름진데다가 날씨마저 좋아서 지금 살고 있는 숫자보다 훨씬 더 많은 동물들에게 풍부한 식량을 공급할 수 있습니다. 우리 농장 하나로도 열두 마리의 말과 스무 마리의 암소, 수백 마리의 양을 먹여 살릴 수 있습니다. 그것도 지금은 거의 상상할 수 없을 정도로 편안하고 품위 있게 살 수 있습니다.

그런데 왜 우리는 이처럼 처참한 상태에 머물러 있어야 합니까? 우리의 노동으로 생산한 것의 대부분을 인간들이 도둑질해 가기 때문입니다. 동무들, 우리의 모든 문제에 대한 대답이 여기 있습니다. 그것은 한마디로 요약하자면——인간입니다. 우리의 유일하고 진정한 인간은 적이오. 인간을 축출합시다. 그러면 기아와 과로의 근원이 영원히 사라져 버릴 것입니다.

인간은 생산은 하지 않으면서 소비하는 유일한 생물입니다. 그들은 젖도 짜지 못하고 알도 낳지 못할 뿐 아니라, 쟁기를 끌 만큼 힘이 있는 것도 아니며 토끼를 잡을 만큼 빠르지도 못해요. 그렇지만 모든 동물의 주인 노릇을 하지요. 그들은 동물에게 일을 시키고 그 대가로 굶어죽지 않을 정도로 최소한의 먹이를 줄 뿐 그 나머지는 자신들을 위해 쌓아 둡니다. 땅을 가는 것이 우리 노동력이요, 그 땅을 기름지게 하는 것이 우리 똥인데도 우리는 어느 누구 하나 헐벗은 가죽 이상을 갖지 못하고 있소.

내 앞에 있는 암소 여러분, 당신들이 지난 한 해 동안 짜낸 우유가 몇 천 갈론이나 됩니까? 그리고 송아지를 튼튼히 키웠어야 할 그 우유가 어찌 됐습니까? 한 방울도 남김 없이 우리 적들의 목구멍으로 넘어갔단 말이오. 그리고 암탉 여러분, 당신들은 지난해 많은 알을 낳았지만 그 중 병아리로 깬 것은 과연 몇 마리나 되오? 그 나머지는 모두 존스 씨와 그 식구들에게 돈을 벌어 주기 위해 시장으로 팔려 나갔소.

그리고 클로버, 당신이 낳은 망아지 네 마리는 당신이 늙었을 때 당신을 부양하고 당신의 기쁨이 되어야 할 텐데 지금 어디 있소? 모두가 한 살이 채 되기도 전에 팔려 갔소. 당신은 그 애들을 다시는 만나지 못하게 될 거요. 네 차례의 해산과 들에서의 온갖 노역에 대한 대가라고는 보잘것없는 여물과 마구간 외에 당신에게 무엇이 있단 말이오?

그리고 우리가 영유하고 있는 비참한 생명마저 천명(天命)을 누리도록 허용하지 않고 있소. 나를 두고 말하자면, 나는 운이 좋은 놈 중에 끼니까 불평할 건 없어요. 다행히 열두 해를 살았고 자식도 사백

이 넘으니까요. 이것이 돼지가 누릴 자연스런 생애예요. 그러나 어떤 짐승도 종국에 잔인한 칼을 피하진 못합니다. 내 앞에 앉아 있는 어린 돼지새끼 누구도 일 년 이내에 비명을 지르면서 도살대에서 목숨을 잃게 될 것입니다. 우리 모두가 그런 공포를 당하지 않으면 안 되오. 암소도 돼지도 닭도 양도 모두 말이오. 말과 개라고 해서 더 좋은 운명을 타고난 것은 아니오. 복서, 당신도 그 건장한 근육이 힘을 잃는 바로 그날, 존스 씨가 당신을 백정에게 팔아버릴 것이고 백정은 당신 목을 따서 사냥개 밥으로 만들 것이오.

자, 개를 두고 말해 봅시다. 그들이 늙어 이가 빠지면 존스 씨는 그들 목에 벽돌을 매달아 가까운 연못에 빠뜨려 죽일 것이오.

동무들, 우리 삶의 모든 악이 인간의 횡포에서 생겨난다는 것이 너무나 명명백백하지 않습니까? 오직 인간만 몰아냅시다. 그러면 우리 노동의 산물은 우리 것이 될 것입니다. 하룻밤 새도 안 되어 우리는 풍요롭고 자유로워질 수 있습니다.

그러면 우리는 무엇을 해야 할까요? 인류를 전복시키기 위해서 혼연의 힘을 다해 밤낮으로 노력하는 것, 이것뿐이요! 동무들이여, 내가 여러분에게 전하는 메시지는 이것입니다. 봉기하자! 나는 그 봉기가 언제 야기될는지, 일주일 후가 될지 아니면 일 년 후가 될지 알지 못합니다. 그러나 내 발 밑의 짚자리를 보듯 틀림없이 조만간 정의가 실현되리라는 것을 확신합니다. 동무들, 여러분의 짧은 여생 동안이나마 여기에 시선을 고정시킵시다! 그리고 무엇보다, 나의 이 메시지

를 여러분 뒤에 오는 후손들에게 전해서 미래의 세대가 투쟁을 계속
하여 승리를 얻게 합시다.

그리고 동무들, 여러분의 결단이 흔들리지 않도록 해야 한다는 것
을 기억해 두시오. 여러분은 어떠한 논쟁에도 현혹되어서는 안 됩니
다. 인간과 동물들은 공동의 이익을 지니고 있으며, 한 편의 번영은
또 다른 편의 번영이 된다고 말하더라도 거기에 귀 기울이지 마시오.
그건 허무맹랑한 거짓말입니다. 인간은 자기 자신 외에는 어떤 동물
의 이익을 위해서도 봉사하지 않으니까요. 그런 만큼 우리 동물들은
투쟁을 위해 철저한 단합, 철저한 동지애를 이룩합시다. 모든 인간은
적입니다. 모든 동물들은 동지들입니다.」

바로 이때 엄청난 소동이 일어났다. 메이저가 연설하고 있는 도중
에 큰 쥐 네 마리가 구멍에서 기어나와 엉덩이로 곧추앉아 그의 말을
듣고 있었다. 개들이 돌연 그들의 모습을 발견하자 그들은 잽싸게 구
멍 속으로 뛰어들어가 목숨을 건질 수 있었다. 메이저가 발을 들어
조용히 하라고 제지했다.

「동무들!」

하고 그는 말을 계속했다.

「여기 결정해야 할 문제가 있습니다. 쥐나 토끼 같은 들짐승들이
우리 친구일까요, 적일까요? 이에 대해 투표를 합시다. 나는 이 문제
를 회의에 제안하는 바이오. 쥐들은 동지일까요?」

투표는 곧 실시되었고 압도적인 다수로 쥐가 동지라는 것이 결정

되었다. 반대는 겨우 넷, 세 마리의 개와 고양이였는데 고양이는 찬반 양쪽에 투표를 했다는 사실이 뒤늦게 밝혀졌다. 메이저는 계속해서 말했다.

「나는 더 이상 말할 것이 없습니다. 다만 되풀이해서 말하건대, 인간과 그들의 행실에 대해 적개심을 품는 것이 여러분의 의무라는 것을 언제나 명심하시오. 두 다리로 걸어다니는 것은 무엇이든 적이오. 네 다리로, 다리든 날개를 가진 것은 무엇이든 친구입니다. 그리고 또 하나 명심할 것은 인간에 대항하는 싸움에서 우리는 그들을 본받아서는 안 된다는 것이오. 여러분들이 그들을 정복한 뒤에라도 그들의 악덕을 받아들여서는 안 됩니다. 어떤 동물도 집에서 살거나 침대에서 자거나 옷을 입거나 술을 마시거나 담배를 피우거나 돈을 만지거나 장사를 해서는 안 됩니다. 인간의 모든 습속은 악덕에 속하는 겁니다.

그리고 무엇보다 강조할 것은 어떤 동물이든 같은 동물을 탄압하면 안 된다는 것입니다. 약하든 강하든, 지혜롭든 우둔하든, 우리는 모두 형제들입니다. 어떤 동물도 다른 동물을 죽여서는 안 됩니다. 모든 동물은 평등하니까요.

자, 그러면 동무들, 어젯밤의 내 꿈 이야기를 하겠습니다. 여러분들에게 그 꿈을 자세히 묘사해 드릴 수는 없습니다. 그것은 인간이 사라지고 난 뒤에 있을 지상에 관한 꿈이었어요. 그러나 그 꿈은 내가 오랫동안 잊고 있었던 것을 상기시켜 주었습니다.

내가 어린 돼지였던 수년 전, 내 어머니와 다른 암퇘지들은 겨우 곡조와 처음 세 마디 가사만 아는 옛날 노래를 곧잘 부르곤 했어요. 나도 어렸을 땐 곡조를 알았는데 오래 전에 머리 속에서 사라져버리고 말았소. 그런데 어젯밤, 내 꿈속에서 그 노래가 되살아났소. 그리고 더욱이나, 그 노래의 가사가 되돌아왔던 거요. 분명히 오래 전에 동물들이 불렀지만 수세대를 거치는 동안 기억에서 잊어버렸던 가사가 말이오. 동무들, 이제 내가 그 노래를 부르겠소. 나는 늙고 목소리도 거칠지만 여러분들에게 그 곡조를 가르쳐 주면 여러분들은 더 잘 부를 수 있을 것이오. 노래 이름은 〈영국의 동물들〉입니다.」

메이저 영감이 목소리를 가다듬어 노래를 부르기 시작했다. 그가 말한 대로 음성은 거칠었으나 썩 잘 불렀다. 그리고 그 노래는 〈클레멘타인〉과 〈라 쿠카라차〉와 어딘가 비슷한, 감동적인 곡조였다. 가사는 다음과 같았다.

영국의 동물들아, 아일랜드 동물들아
온 누리 모든 땅 위의 동물들아
귀 기울여 들으라
황금빛 미래 향한 내 즐거운 소식을.

언젠가 그날이 올지니
전제자 인간은 추방되리라

풍요한 영국의 들판에는
오직 동물들만 활보하리라.

코에서는 굴레가 사라지리라
등에서는 멍에가 벗겨지리라
재갈과 박차는 영원히 녹슬리라
잔인한 회초리는 더 이상 소리 없으리.

상상도 할 수 없던 더 많은 재산이
밀과 보리, 귀리와 건초가
클로버와 콩 그리고 푀풀도
그날이면 모두 우리 것이거늘.

찬란히 빛나리 영국의 들판
더더욱 맑으리 영국의 강물
더없이 달콤한 미풍의 향기
우리가 자유로운 바로 그날엔

그날 위해 우리 모두 일해야 하리니
그날을 못 보고 죽을지라도
암소와 말, 오리와 칠면조

자유 위해 모두가 힘써 일하리니.

영국의 동물들아 아일랜드 동물들아
온 누리 모든 땅 위의 동물들아
열심히 귀 기울여 널리 전하라
황금빛 미래 향한 내 소식을.

　이 노래를 부르니 동물들은 야성적인 흥분의 도가니에 휩싸이게
되었다. 메이저의 노래가 채 끝나기도 전부터 그들은 스스로 노래를
부르기 시작했다. 아무리 우둔한 동물일지라도 벌써 곡조와 몇 마디
가사를 외웠고 돼지나 개처럼 영리한 동물들은 몇 분 되지 않아 그
노래 전부를 익혀 버렸다.
　그리고는 몇 번 연습한 끝에 농장 전체가 떠나갈 듯 커다란 목소리
로 〈영국의 동물들〉을 합창했다. 암소들은 워워, 개들은 멍멍, 양들
은 음메에, 말들은 부르르, 오리는 꽥꽥거리면서 그 노래를 불렀다.
그들은 그 노래가 너무나 마음에 들었던 나머지 연거푸 다섯 번이나
잇따라 불렀는데 아마도 방해만 받지 않았다면 밤새껏 계속해서 노
래를 불러댔을 것이다.
　불행히도 이 소란 때문에 존스 씨가 잠을 깼는데, 그는 담 안으로
여우가 들어왔다고 확신하고는 침대에서 벌떡 일어났다. 그는 침대
귀퉁이에 항상 세워 둔 총을 들어 어둠 속으로 육호탄(六號彈)을 발

사했다. 총알은 헛간 벽에 박혔고 회합은 순식간에 해산되었다. 모두가 제 잠자리로 도망쳤던 것이다. 새들은 횃대 위로 날아갔고 다른 동물들은 집 속으로 기어들었다.

온 농장은 곧 잠 속으로 빠져들었다.

제2장

사흘이 지난 날 밤 메이저 영감은 잠을 자다가 평화로운 모습으로 숨을 거두었다. 그의 시체는 과수원 아래 기슭에 매장되었다.

이것은 3월 초에 있었던 일이었다. 그 후 석 달 동안 극히 비밀스런 움직임이 진행되었다. 메이저 영감의 연설은 이 농장의 제법 영리한 동물들에게 아주 새로운 삶의 모습을 제시해 주었다. 그들은 메이저가 예언한 봉기가 언제 일어날 것인지 알지도 못했고 또 그들 생전에 그것이 있으리라고 생각할 아무런 이유도 없었다. 그러나 그들은 그 봉기를 향해 준비하는 것이 자기네 의무라고 분명히 인식하고 있는 터였다.

다른 동물들을 가르치고 조직하는 일은 동물들 가운데 가장 지혜롭다고 정평이 나 있는 돼지들에게 당연히 돌아갔다. 돼지 중에서도 존스 씨가 팔아먹기 위해 사육시키고 있는 스노볼과 나폴레온이란 두 마리 수퇘지가 가장 뛰어났다. 나폴레온은 몸집이 크고 사납게 보이는, 이 농장에서는 유일한 버크셔 종(種) 수퇘지로 말솜씨는 그리 좋지 않았으나 자기 생각을 관철한다는 평판이 나 있었다. 스노볼은 나폴레온보다 더 쾌활하고 말이 유창하며 창의력이 더 뛰어나지만 나폴레온처럼 성격이 묵직하지 못한 것으로 알려져 있다. 농장에 있는 다른 수퇘지는 모두 식용 돼지들이었다. 그 중 가장 유명한 자가 스퀼러란 이름을 가진 작달만하고 뚱뚱한 돼지로 뺨은 둥글고 눈은 반짝거리며 행동은 민첩하고 목소리는 날카로웠다. 그는 훌륭한 연설가로, 다소 어려운 문제를 토의할 때에는 이리저리 뛰면서 꼬리를 휘두르는 버릇이 있는데 그게 어딘가 꽤 설득력이 있어 보였다. 다른 동물들은 스퀼러라면 검은 것을 흰 것으로 바꾸어 놓을 수도 있을 거라고 말할 정도였다.

이 세 돼지들은 메이저 영감의 가르침을 완벽한 사상체계로 치밀하게 구성해 놓고 거기에 '동물주의'란 이름을 붙였다. 일주일에도 몇 번씩 밤마다 존스 씨가 잠든 뒤, 헛간에 비밀리에 모여 다른 동물들에게 동물주의의 원리를 설명해 주었다.

처음 그들이 회합을 가질 때는 우둔과 냉담 속에서 이루어졌다. 어떤 동물은 자기들이 '주인님'이라고 생각하는 존스 씨에 대한 충성의 의무를 내세우기도 했고 「존스 씨가 우리를 양육하고 있소. 그가 없어지면 우린 굶어 죽을 거요」와 같은 유치한 말을 지껄이기도 했다. 또 어떤 동물은 「우리가 죽은 다음에 일어날 일에 대해 왜 우리가 걱정하지요?」 또는 「이 봉기가 어차피 일어나게 되어 있다면 우리가 그것을 위해 준비하고 안 하고 간에 무슨 차이가 있다는 겁니까?」 따위와 같은 질문을 했다. 그러면 돼지들은 진땀을 빼며 그것은 동물주의 정신에 위배되는 것이라고 그들을 설득해야 했다. 그런 의문을 통틀어 가장 바보 같은 질문을 한 것은 흰 암말인 몰리였다. 그녀가 스노볼에게 물어 본 첫 질문이란 「봉기 후에도 설탕은 여전히 있을까요?」라는 것이었다.

「없소. 이 농장에는 설탕을 만들 시설이 없소. 게다가 당신에겐 설탕이 필요없을 거요. 당신은 당신이 원하는 대로 귀리와 건초를 먹을 거요.」

하고 스노볼이 단호하게 대답했다.

「그럼 그때도 내 갈기에 리본을 매도 괜찮을까요?」

하고 몰리가 물었다.

「동무.」

스노볼이 계속해서 말했다.

「당신이 그처럼 애지중지하는 그 리본들은 노예의 휘장에 지나지 않소. 당신은 자유가 리본보다 더 값진 것이라는 점을 이해할 수 없단 말이요?」

몰리는 이에 수긍은 했지만 별로 확신하는 것 같지는 않았다.

돼지들은 길들여진 갈가마귀 모제스가 늘어놓는 거짓말에 반박하느라고 더욱 힘든 싸움을 벌였다. 존스 씨가 특히 귀여워하는 애완조(愛玩鳥)인 모제스는 첩자이고 밀고자였지만, 그 또한 능란한 연설가였다. 그는 모든 동물이 죽으면 가게 되는, 슈가캔디 산(山)이라고 불리는 신비한 나라의 존재를 알고 있다고 주장했다. 그곳은 하늘 높이 구름 너머 어딘가에 있다는 것이었다. 슈가캔디 산에서는 일주일 내내 모두 일요일이고 토끼풀이 사시사철 자랄 뿐 아니라 울타리에는 덩어리 설탕과 박하과자가 열린다고 늘어놓았다. 동물들은 수다만 떨고 일은 하지 않는 모제스를 미워했지만 몇몇 동물들은 슈가캔디 산을 믿었다. 그래서 돼지들은 그런 곳은 존재하지 않는다고 그들을 설득시키느라 진땀을 빼며 토의를 해야 했다.

돼지들의 가장 충성스런 제자는 짐마차 말인 복서와 클로버였다. 이들 둘은 스스로 어떤 것에 대해 생각해 내는 것을 아주 힘들어했지만 일단 돼지들을 선생으로 삼자, 그들이 들은 말은 무엇이든지 잘 소화해서 간단한 설명으로 다른 동물들에게 그것을 전했다. 그들은 어김없이 창고의 비밀회합에 참석했으며 회합이 끝날 때는 항상 〈영국의 동물들〉을 선창했다.

이제 봉기는 모두가 예상했던 것보다 훨씬 빨리, 그리고 훨씬 쉽게 달성될 것으로 보였다. 지난 수년 동안, 존스 씨는 비록 엄한 주인이긴 했지만 유능한 농장주였는데 근래에 이르러 곤란한 처지에 빠졌다. 그는 소송 사건으로 많은 돈을 잃은 뒤 낙심천만이 되어 자기가 감당해 내지 못할 만큼 술을 많이 마셨다. 때로는 며칠 동안 식당의

윈저식 의자에 축 늘어져 신문을 읽고 술을 마시며 가끔 맥주에 적신 빵껍질을 모제스에게 먹이며 소일하곤 했다. 일꾼들은 게으르고 정직하지 않았으니, 들에는 잡초가 무성했고 건물 지붕은 물이 샜으며 울타리는 허물어진 그대로였고 동물들은 제대로 먹이를 얻어먹지 못했다.

6월이 돌아와 전초를 벨 때가 거의 되었다. 성(聖) 요한 제일(祭日) 전날은 때마침 토요일이어서 존스 씨는 윌링톤으로 외출했다가 '레드 라이온' 술집에서 술을 너무 많이 퍼마셔 일요일 점심때가 지나서야 집으로 돌아왔다. 일꾼들은 아침 일찍 암소에서 우유를 짜낸 뒤 토끼 사냥을 하러 나갔기 때문에 동물들은 먹이를 받지 못했다.

존스 씨는 집에 돌아오자마자 응접실 소파에서 《세계 뉴스》지로 얼굴을 가린 채 곧 잠이 들어버렸다. 그래서 저녁이 되었는데도 동물들은 아무것도 먹지를 못했다.

마침내 동물들은 더 이상 참을 수가 없었다. 암소 한 마리가 뿔로 곳간 문을 부수고 들어가자 동물들 모두가 곡물 상자에 머리를 박고 먹어대기 시작했다. 바로 그때 존스 씨가 잠을 깼다. 그 다음 순간 그와 일꾼 넷이 곳간 안으로 들어와 손에 든 채찍을 마구 휘둘렀다. 굶주린 동물들에게 이것은 도저히 견딜 수 없는 일이었다. 그들은 사전에 조금도 계획하지 않았지만 일제히 일어나 그들의 박해자들에게 덤벼들었다. 존스와 그의 일꾼들은 갑자기 사방에서 뿔에 받히고 발길에 채이게 되었다. 사태는 아주 걷잡을 수 없게 되었다.

그들은 동물들이 이런 행패를 부리는 것을 한 번도 본 적이 없었고 그들 하고 싶은 대로 채찍질하며 혹사해 오던 짐승들이 이처럼 갑자기 난동을 부리는 데 기가 질려 거의 정신이 빠질 지경이었다. 잠시후 그들은 대항하려 들지도 않고 줄행랑을 치고 말았다. 1분 후쯤, 그들 다섯 명은 의기양양하게 추격하는 동물들에게 쫓겨 한길로 나가는 마차 길로 허둥지둥 도망쳤다.

존스 부인은 침실 창문으로 밖을 내다보다가 사태를 파악하고 황급히 몇 가지 소지품을 가방에 챙겨 넣고는 다른 길로 농장을 빠져나왔다. 모제스가 횃대에서 펄쩍 뛰어 그녀를 따라 날면서 큰 목소리로 까악까악 울부짖었다.

한편 동물들은 존스와 그의 일꾼들을 한길로 쫓아 내몰고서 다섯 개의 빗장이 달린 문을 쾅 닫아버렸다. 그리하여 자신들도 무슨 일이 일어났는지를 거의 알지 못하는 새에 봉기는 성공적으로 수행되었던 것이다. 존스는 추방되고 매너 농장은 그들 것이 되고 말았다.

처음 몇 분 동안 동물들은 자기네에게 닥친 행운을 거의 믿을 수 없었다. 그들의 첫 행동은 이 농장 어디에도 인간이란 아무도 숨어 있지 않다는 것을 확인이나 하려는 듯, 모두가 한 몸뚱이처럼 어울려 농장 경계선을 빙 돌아 뛰어다니는 것이었다. 그런 다음 그들은 농장 건물로 뛰어돌아와 가증스런 존스의 통치 흔적을 조금도 남김없이 말끔하게 닦아 내었다.

마구간 끝에 있는 광이 부서져 열렸다. 재갈, 코고리, 개사슬, 그리고 존스 씨가 돼지와 양을 거세하는 데 사용한 잔인한 칼 등을 모두 우물에 던져 버렸다. 고삐, 굴레, 눈가리개, 그리고 치욕적인 여물 망태는 마당에 지핀 쓰레기 불에 던져 버렸다. 채찍도 마찬가지 처지가 되었다. 동물들은 채찍이 불 속에서 타오르는 것을 보자 모두 희희낙락했다.

스노볼은 장날이면 으레 말갈기와 꼬리를 치장하는 데 쓰이던 리본을 불 속에 던지며 말했다.

「리본이란…… 의복처럼 인간의 표지로 생각해야 해요. 동물이라면 누구든지 옷을 입어서는 안 돼요.」

이 말을 들은 복서는 여름이면 귓가에 몰려드는 파리를 막기 위해 썼던 작은 밀짚모자를 가져와 다른 것과 함께 불 속에 팽개쳐 버렸다.

눈 깜짝할 사이에 동물들은 존스 씨를 상기시켜 주는 것들을 모두 부수었다. 그런 다음 나폴레온은 그들을 곳간으로 데리고 가서 정량의 두 배 되는 옥수수를, 그리고 개에게는 비스킷 두 개씩을 나누어 주었다. 그리고 나서 그들은 〈영국의 동물들〉을 처음부터 끝까지 일곱 차례나 연달아 부르고, 밤이 되자 잠자리에 들어 이제껏 맛보지 못한 단잠을 잤다.

그들은 새벽에 평상시처럼 잠에서 깨어났다. 그러고는 문득 어제 있었던 영광스런 일을 기억하고 모두가 함께 목장으로 달려나갔다. 목장 약간 아래쪽에는 농장 전체를 거의 다 내려다볼 수 있는 언덕이 있었다. 동물들은 언덕 꼭대기로 몰려가 빛나는 아침 햇살을 받으며 사방을 둘러보았다. 그렇다, 그것은 그들의 것이다! 사방에 보이는 모든 것이 그들의 것이다! 그런 황홀한 생각에 젖어 그들은 이리저리 뛰어다녔고 흥분에 도취되어 공중으로 펄쩍펄쩍 뛰며 희희낙락했다. 그들은 풀밭을 뒹굴며 달콤한 여름풀을 한입 가득 베어먹고 검은 흙덩이를 발로 차며 그 구수한 냄새를 맡았다. 그런 다음 온 농장을 돌아다니면서 말할 수 없는 감탄에 젖어 곡식밭과 풀밭, 과수원, 연못, 덤불을 둘러보았다. 그것은 마치 이제껏 한 번도 보지 못했던 광경 같았으며 그것이 모두 자기들 것이라는 사실을 그때까지도 믿을 수 없었다.

그런 후 그들은 줄지어 농장 건물로 되돌아와 건물 문 밖에 조용히 멈추었다. 이것 역시 그들 것이었다. 그러나 안으로 들어가기가 두려웠다. 하지만 잠시 후 스노볼과 나폴레옹이 어깨로 문을 들이받아 열어젖히자 동물들은 무엇이든 부술세라 아주 조심스레 일렬로 들어갔다. 그들은 발끝으로 이 방 저 방 다니며 소곤거리는 것 이상으로 말소리를 내지 않도록 주의하면서 믿을 수 없으리만큼 화려한 사치품들, 깃털 매트리스로 만든 침대, 거울, 말털 소파, 브러셀 융단, 응접실 벽난로 위에 걸린 빅토리아 여왕의 석판화들을 일종의 경외감을 품고 구경했다.

그들은 층계를 내려오면서 몰리가 없어졌다는 사실을 깨달았다. 되돌아가니 몰리는 가장 훌륭한 침실에 있었다. 그녀는 존스 씨 부인의 옷장에서 푸른 리본 한쪽을 꺼내 어깨에 걸치고는 아주 멍청한 얼굴로 거울에 비친 자기 모습에 감탄하고 있었다. 다른 동물들은 그녀를 혹독하게 비난하고 밖으로 나왔다. 식당에 걸려 있는 약간의 햄을 가지고 나와 땅에 묻었고 취사대의 맥주통은 복서가 발굽으로 차 구멍을 내놓았다. 그 밖의 이 집 살림에는 전혀 손을 대지 않았다. 즉석에서 이 농가를 박물관으로 보존하자는 것이 만장일치로 결정되었다. 그리고 어떤 동물이든 여기에서 살아서는 안 된다는 것에 의견을 모았다.

동물들이 아침 식사를 마치자 스노볼과 나폴레온이 그들을 다시 불러모았다. 스노볼이 입을 열었다.

「동무들, 지금 여섯시 반이고 우리 앞에는 하루의 긴긴 해가 놓여 있습니다. 오늘 우리는 건초를 거둬들일 것입니다. 그러나 유의해야 할 일이 있습니다.」

돼지들은 지난 석 달 동안 존스 씨의 자식들이 쓰다가 쓰레기통에 버린 낡은 철자교본을 가지고 독학으로 읽고 쓰는 법을 익혀 왔다고 이제서야 밝히는 것이었다. 나폴레온은 검은색과 흰색 페인트통을 가져오라고 해서 한길로 통하는 다섯 판자 문으로 모든 동물을 데리고 갔다. 스노볼이(스노볼이 글씨를 제일 잘 썼으므로) 두 개의 앞다리 사이에 붓을 끼우고 문짝 맨 위에 적힌 '매너농장'을 페인트로 지워 없앤 후 그 자리에다 '동물농장'이라고 썼다. 이것이 이제부터 불려질 농장의 이름인 것이다.

이 일을 마치자 그들은 농장 건물로 되돌아왔다. 그리고 스노볼과 나폴레옹은 큰 창고 벽 끝에 세워 두게 했던 사다리를 가져오게 했다. 그들은 지난 석 달 동안 연구한 끝에 돼지들이 동물주의의 원칙을 7계명으로 요약하는 데 성공했다고 설명했다. 그리고 이 7계명을 벽에 쓸 것인데, 동물농장의 모든 동물들은 앞으로 영원히 7계명을 지키며 살아야 한다는 것이었다.

스노볼은 약간 애를 먹으면서(돼지가 사다리에서 균형을 잡기란 쉬운 일이 아니기 때문이다) 기어올라가 작업을 시작했고 스퀼러가 그 아래 몇 계단 밑에서 페인트통을 들고 있었다. 7계명은 30야드 떨어진 곳에서도 읽을 수 있을 만큼 커다랗고 흰 글자로 타르 칠을 한 벽 위에 씌어졌다. 그 내용은 다음과 같다.

7계명

1. 두 발로 걷는 자는 누구든 적이다.
2. 네 발로 걷거나 날개를 가진 자는 누구든 친구다.
3. 어떤 동물도 옷을 입어서는 안 된다.
4. 어떤 동물도 침대에서 자서는 안 된다.
5. 어떤 동물도 술을 마셔서는 안 된다.
6. 어떤 동물도 다른 동물을 죽여서는 안 된다.
7. 모든 동물은 평등하다.

그것은 아주 깔끔하게 씌어졌다. 'friend'가 'freind'로 씌어졌고 'S'자 하나가 거꾸로 씌어진 것 이외에 철자는 모두 정확했다. 스노볼은 다른 동물들에게 큰소리로 읽어 주었다. 그러자 동물들은 모두 고개를 끄덕이며 완전히 동의했고 좀더 현명한 동물들은 즉석에서 7계명을 외우기 시작했다.

스노볼이 페인트붓을 밑으로 던지면서 말했다.

「자, 동무들, 건초 밭으로 갑시다! 우리는 명예를 걸고서 존스 씨와 그의 하인들보다 더 빨리 거두어들이도록 합시다.」

그러나 이 순간, 얼마 전부터 불편하게 보이던 암소 세 마리가 커다랗게 「움머어」소리를 질렀다. 그들은 스물네 시간 동안 우유를 짜지 않았기 때문에 젖통이 거의 터질 듯했다. 잠시 생각한 끝에 돼지들이 양동이를 가져오게 하여 암소 젖을 꽤 훌륭히 짜주었는데 이 일에는 돼지의 네 다리가 아주 그만이었다. 곧 거품이 이는, 크림 같은 우유가 다섯 양동이나 생겼고 많은 동물들은 무척 흥미진진한 표정으로 그 우유를 바라보았다.

「그 우유를 모두 어떻게 하겠습니까?」

누군가가 이렇게 물었다.

「존스 씨는 우리 먹이에다 가끔 우유를 섞어 주기도 했어요.」

그러자 암탉 하나가 말했다.

「우유에 신경 쓰지 마시오, 동무들! 그건 잘 처리될 거요. 수확이 더 중요합니다. 스노볼 동무가 인도할 겁니다. 나는 몇 분 내에 뒤따라가겠소. 동무들, 앞으로! 건초가 기다리고 있어요.」

나폴레온이 양동이 앞에 서면서 소리를 질렀다.

그리하여 동물들은 건초를 거두어들이기 위해 풀밭으로 행진해 갔
고 저녁에 돌아왔을 때 그들은 우유가 없어진 것을 알게 되었다.

제3장

건초를 거둬들이기 위해 그들이 얼마나 애쓰고 땀 흘려야 했던가! 그러나 그들의 노력은 그만한 보상을 받았다. 수확량이 기대했던 것보다 훨씬 더 성공적이었던 것이다.

때로는 일이 힘들기도 했다. 농구(農具)란 인간이 사용하도록 고안된 것이지 동물을 위한 것이 아니었다. 뒷다리로 서야만 쓸 수 있게 되어 있는 도구는 모두가 동물들이 사용할 수 없는 것이었다. 이것이야말로 크나큰 장애였다. 그러나 돼지들은 지혜로워서 난관에 부딪힐 때마다 해결 방법을 생각해 내었다. 말만 보더라도 그들은 밭에 대해 구석구석 훤히 알고 있어서 실상 풀을 베고 갈퀴질하는 일은 존스 씨와 그의 일꾼들보다 훨씬 잘했다. 돼지들은 직접 일을 하지 않고 다른 동물들을 지휘·감독했다. 뛰어난 머리를 갖고 있기 때문에 그들이 통솔권을 장악하는 것은 당연했다.

복서와 클로버는 제 몸에 제초기(除草機)와 써레를 달고(물론 이 즈음에는 재갈이나 고삐가 필요없었다) 경우에 따라 「이랴! 동무.」 또는 「워이, 돌아! 동무.」 하고 소리치며 뒤따르는 돼지와 함께 꾸준 히 들판을 빙빙 돌았다.

제일 나약한 것에 이르기까지 모든 동물들이 건초를 뒤집고 거두 어들이는 일에 참여했다. 오리와 암탉마저 하루 종일 햇볕 속을 왔다 갔다하며 부리로 한 줌씩 건초를 날랐다.

마침내 그들은 존스 씨와 그의 일꾼들이 으레 걸렸던 것보다 이틀 이나 빨리 수확을 끝냈다. 게다가 전에는 볼 수 없었던 가장 많은 수 확이었다. 낭비라고는 전혀 찾아볼 수 없었다. 암탉과 오리가 그 날 카로운 눈으로 한 잎도 버리지 않고 모았던 것이다. 그리고 농장 동 물은 한 입도 훔쳐먹지 않았다.

그 여름 내내 농장일은 시계처럼 정확히 진행되었다. 동물들은 그 럴 수 있으리라고 상상도 못할 만큼 행복했다. 한입한입 먹는 음식마 다가 벅차고 짜릿한 즐거움이었다. 이제 그것은, 인색한 주인이 조금 씩 나누어주는 먹이가 아니라 그들 스스로를 위해 자력으로 생산한, 진실로 그들 자신의 음식이었다. 하잘것없이 기생하던 인간들이 없 어지자 각자가 먹을 식량도 더 많아졌다. 비록 동물들이 유용하게 활 용하지는 못할지라도 여가 역시 더 많아졌다.

그러나 그들은 여러 가지 문제에 부딪혔다. 예를 들면, 가을이 되어 곡식을 거둬들여야 하는데 농장에 탈곡기가 없기 때문에 그들이 직접 곡식을 옛날식으로 발로 밟아 털고 후후 불어 껍질을 날려 버려야 했다. 그러나 지혜로운 돼지와 건장한 근육을 가진 복서가 항상 이런 곤경을 뚫고 헤쳐나갔다. 복서는 모든 동물들이 부러워하는 감탄의 대상이었다. 그는 존스 씨가 있던 시절에도 열심히 일하는 일꾼이었지만 이제는 말 세 몫보다 더 힘차게 보였다. 농장의 모든 일이 그의 튼튼한 어깨에 걸려 있는 듯한 날들도 때때로 있었다.

아침부터 밤까지 그는 가장 힘이 많이 드는 곳에서 밀고 당기고 했다. 그는 아침에 다른 동물들보다 반시간 일찍 일어나기 위해 수탉 한 마리와 미리 약속을 하였다. 그리하여 정규 일과 시간이 시작되기 전에 가장 절실히 자기가 필요하다고 생각되는 곳에 자발적으로 나서서 일을 하곤 했다. 문제가 생길 때나 곤란에 부딪힐 때마다 그가 하는 대답은 「내가 좀더 일하지!」하는 것이었는데 그는 그것을 자기 개인적 좌우명으로 삼았다.

다른 동물들은 자기 능력에 따라 일을 했다. 예를 들면 암탉과 오리는 흩어진 이삭들을 모아 곡식을 다섯 붓셸이나 늘렸다.

어느 누구도 도둑질은 하지 않았으며 아무도 자기에게 돌아오는 배급량에 대해 불평하지 않았고 옛날이면 일상적으로 볼 수 있었던, 싸우고 물고 질투하는 일들도 거의 사라졌다. 아무도——아니, 거의 아무도 게으름을 피우지 않았다. 몰리는 사실 아침 일찍 일어나지 않았고 발굽에 돌이 끼었다는 이유로 일찌감치 일을 그만두는 버릇이 있었다.

그런데 고양이의 행동에 어딘가 이상한 데가 있었다. 해야 할 일이 있을 때마다 고양이를 볼 수 없다는 사실이 곧 밝혀졌다. 그녀는 몇 시간 동안 사라졌다가는 식사시간이 되거나 일이 끝나는 저녁에 아무 일도 없었다는 듯 뻔뻔스런 표정을 하고 나타나곤 했다. 그러나 그녀는 언제나 아주 그럴듯한 구실을 댔고 또 무척 다정하게 살랑거렸기 때문에 그녀의 선의를 믿지 않을 도리가 없었다.

당나귀인 벤자민 영감은 봉기 후에도 전혀 변한 것 같지 않았다. 그는 게으름을 피우지도, 과외의 일을 자진해서 맡지도 않으면서 존스 시대와 똑같이 느릿느릿 완고한 태도로 일했다. 봉기라든가 그 결과에 대해서 그는 아무런 의견도 표시하려 들지 않았다. 존스 씨가 없어진 지금이 더 행복하지 않느냐는 질문을 받자 그는 다만, 「당나귀는 오래 살아요. 당신들 누구도 죽은 당나귀는 본 적이 없을 거요.」라고만 말했다. 그러면 다른 동물들은 이 수수께끼 같은 대답으로 만족해야 했다.

일요일에는 일이 없었다. 아침식사는 평상시보다 한 시간 늦었고 그것이 끝난 다음에는 매주 어김없이 거행되는 의식이 시작되었다. 먼저 기(旗) 게양식이 있다. 스노볼이 마구간에서 존스 씨가 쓰던 낡은 초록빛 책상보를 찾아내어 거기에다 흰색으로 발굽과 뿔을 그렸던 것이다. 이것이 매주 일요일 아침마다 농장 정원의 게양대에 게양되었다. 스노볼의 설명에 따르면, 이 기는 영국의 들판을 표현하기 위해 초록색이며 발굽과 뿔은 마침내 인류가 멸망했을 때 수립될 미래의 '동물공화국' 을 상징한다는 것이다. 게양식이 끝나면 모든 동물들은 '회합' 으로 알려진 총회를 하러 큰 창고로 행진해 들어간다. 여기서 다음주의 작업이 계획되고 각종 방안이 제안, 토의되었다. 결의안을 제출하는 동물은 항상 돼지들이었다. 다른 동물들은 투표하는 방법은 터득할 수 있게 되었지만 자기들 나름의 방안은 결코 생각해 낼 수 없었다.

스노볼과 나폴레온은 토의에서 단연 가장 적극적이었다. 그러나 이들 둘의 의견이 일치한 적은 한 번도 없음이 밝혀졌다. 둘 중 하나가 무엇이든 제안을 하면 다른 하나는 반드시 거기에 반대하는 것이었다. 일을 할 수 없게 된 동물들을 위한 휴양소로 과수원 뒤의 작은 목장을 할애하자는 것이 결정(그 자체로 보아 아무도 반대할 수 없는 일이었다)되었을 때조차 각종 동물들의 적절한 은퇴 연령을 두고 열띤 토론이 벌어졌다.

회합은 언제나 〈영국의 동물들〉 제창으로 끝냈고 오후는 오락 시간으로 할당되었다.

돼지들은 마구간을 그들의 본부로 정했다. 그들은 여기서 저녁때마다 농장집에서 가져온 책을 통해 대장장이 일, 목공 일 그리고 그 밖의 필요한 기술들을 연구했다. 스노볼은 또 다른 동물들을 그 자신이 명명한 '동물위원회' 로 조직하는 일에 여념이 없었다. 그는 이 일에 지칠 줄 모르는 집념을 갖고 있었다. 그리하여 읽고 쓰는 학급을

편성한 것 외에도 암탉들에게는 '계란 생산 위원회', 암소들에게는 '꼬리 청결 동맹', '야생 동무 재교육 위원회'(이것은 쥐와 토끼를 길들이는 것이 목적이었다), 양들에게는 '순백모(純白毛) 운동' 등 여러 가지 조직을 만들었다.

대부분 이런 계획들은 실패로 돌아갔다. 야생 짐승들을 길들이려는 시도는 거의 바로 깨져 버렸다. 그들은 전과 똑같은 행동을 계속했으며, 관대하게 대우해 주면 다만 그걸 이용할 뿐이었다. 고양이는 '재교육 위원회'에 참가한 며칠 동안은 무척 적극적이었다. 어느 날 그녀는 지붕 위에 앉아 손이 닿을 수 없는 곳에 있는 참새들과 이야기를 해보았다. 그녀는 모든 동물들이 이제 동무가 되었으니 원한다면 어느 참새라도 이리 날아와서 자기 발등에 앉을 수 있다고 말했다. 그러나 참새들은 가까이 다가오지 않았다.

그럼에도 불구하고 읽기 반과 쓰기 반은 큰 성공을 거두었다. 가을이 되었을 때는 거의 모든 농장 동물들이 어느 정도 글자를 해독할 수 있게 되었다.

돼지들이야 이미 완벽하게 읽고 쓸 수 있었고, 개들은 아주 잘 읽을 수 있을 만큼 공부했지만 7계명 외에 다른 것을 읽는 데는 아무런 흥미도 느끼지 못했다. 염소 뮤리엘은 개보다 좀더 잘 읽을 수 있었고 때로는 저녁에 쓰레기 더미에서 주워 온 신문 스크랩을 다른 동물들에게 읽어 주기도 했다. 벤자민은 어떤 돼지보다도 잘 읽을 수 있었지만 자기 실력을 발휘한 적은 한 번도 없었다. 적어도 그가 알고 있는 한 읽을 만한 가치가 있는 것은 전혀 없다고 말하는 것이었다. 클로버는 알파벳 전부를 배웠지만 붙여서 사용할 줄은 몰랐다. 복서는 D자 이상으로 넘어갈 수 없었다. 그는 그 커다란 발굽으로 흙에다 A, B, C, D를 쓰고는 귀를 뒤로 축 늘어뜨리고 때로는 앞머리를 흔들면서 글자를 뚫어지게 바라보며 온 힘을 다해 그 다음 것을 기억해 내려고 애를 썼지만 끝내 성공하지 못했다. 실제로 그는 여러 차례 E, F, G, H를 배웠지만 그 글자들을 알았을 때는 A, B, C, D를 잊어버렸던 것이 밝혀졌다. 마침내 그는 처음 네 글자만으로 만족하기로 마음먹었고, 하루에도 한두 차례 기억을 되살려 그 글자들을 써 보곤 했다. 몰리는 자기 이름을 이루고 있는 글자 여섯 개 외에는 더 이상 아무것도 배우려 하지 않았다. 그녀는 작은 나뭇가지로 말쑥하게 자기 이름을 맞춰 놓고는 꽃 한두 송이로 그걸 장식한 다음 그 주위를 빙빙 돌며 감탄하곤 했다.

그 밖의 다른 동물들은 A자 이상 배울 수 없었다. 뿐만 아니라 양, 암탉, 오리 같은 좀더 둔한 동물들은 7계명을 외울 수조차 없음이 판명되었다. 스노볼은 한참 동안 고심한 끝에 7계명을 '네 다리는 좋고 두 다리는 나쁘다'는 한마디의 격언으로 훌륭히 요약할 수 있다고 선언했다. 이 격언에 동물주의의 기본원칙이 들어 있다고 설명했다. 이 말을 충분히 이해한 자는 누구든지 인간의 영향으로부터 벗어날 것이라고 역설했다. 새 종류들은 처음에 자기네들도 다리가 둘이라고 생각되었기 때문에 반대했지만 스노볼이 그렇지 않다고 그들에게 설명해 주었다.

「새 날개도 발이오, 동무.」

하고 그는 말을 이었다.

「추진 기관이지, 조작 기관이 아니오. 따라서 그건 다리로 간주되어야 하오. 인간만이 갖는 특징은 모든 악덕을 자행하는 도구인 '손'이란 말이오.」

새들은 스노볼의 긴 말을 이해하지 못했지만 그의 설명을 받아들였고, 그래서 우둔한 동물들은 모두 이 새로운 격언을 외우기 시작했다. 헛간 한쪽 벽 7계명이 적혀진 위에 '네 다리는 좋고 두 다리는 나쁘다' 를 그보다 큰 글씨로 써 놓았다. 이 격언을 한 번 외우자 양들은 이 말을 무척 좋아해서 때로 들판에 누워 있을 때면 모두가 「네 다리는 좋고 두 다리는 나쁘다, 네 다리는 좋고 두 다리는 나쁘다.」는 것을 음매음매 외치며 몇 시간이고 계속 되풀이하는 것이었다.

나폴레온은 스노볼이 조직한 위원회에 아무런 관심이 없었다. 그는 어린것들의 교육이 벌써 다 자란 동물들에게 해줄 수 있는 어떤 일보다 더 중요하다고 말했다. 제씨와 불루벨은 건초를 거둬들인 직후에 새끼를 낳았다. 그리하여 그들 사이에는 튼튼한 강아지가 아홉 마리나 생겼다. 강아지들이 젖을 떼자 나폴레온은 그들의 교육은 자기가 책임지겠다고 말하면서 어미로부터 빼앗아갔다. 그는 마구간에서 사다리를 놓아야 올라갈 수 있는 외양간 다락으로 그들을 데리고 가 숨겨 두었기 때문에 농장의 다른 동물들은 곧 그들의 존재를 잊어버리고 말았다.

우유가 어디로 사라졌는가 하는 비밀은 곧 풀리게 되었다. 그것은 매일 돼지들의 먹이 속에 섞여 들어갔다. 이제 풋사과가 익기 시작했고, 그것이 바람에 떨어져 과수원 풀밭 여기저기에 흩어져 있었다. 동물들은 당연히 이 사과들을 똑같이 나눌 것으로 생각했다. 그러나 어느 날, 떨어진 사과들을 모두 주워 모아 돼지들이 먹도록 마구간으로 가져오라는 명령이 떨어졌다. 몇몇 다른 동물들은 투덜거렸지만 아무 소용이 없었다. 모든 돼지들이, 즉 스노볼과 나폴레온조차 이 점에 만장일치로 합의를 본 것이다. 스퀄러가 다른 동물들에게 적절한 설명을 해주기 위해 파견되었다. 그가 외쳤다.

「동무들! 여러분들은 우리 돼지들이 이기심과 특권의식으로 이렇게 한다고는 생각지 않겠지요? 실제로 우리 중 상당수가 우유와 사과를 좋아하지 않습니다. 나도 그걸 좋아하지 않아요. 이런 물건들을 우리가 갖는 유일한 이유는 우리의 건강을 위해서입니다. 우유와 사과는——이것은 과학적으로 증명되었습니다, 동무들——돼지의 건강에 절대 필요한 물질을 갖고 있어요. 우리 돼지들로 말하면 두뇌 노동자들입니다. 이 농장의 모든 경영과 조직이 우리에게 달려 있습니다. 밤이나 낮이나 우리는 여러분들의 복지를 살피고 있소. 우리가 우유를 마시고 사과를 먹는 건 당신들을 위해서란 말입니다. 돼지가 우리에게 부여된 의무를 수행하지 못하면 어떤 일이 일어날지 여러분들은 알고 있소? 존스가 돌아올 거요! 그렇소, 존스가 돌아와요! 틀림없어요, 동무들.」

스퀼러는 이리저리 펄쩍거리고 꼬리를 흔들면서 거의 애원하듯이 외쳤다.

「분명, 여러분 가운데 존스가 돌아오기를 바라는 자는 아무도 없겠지요?」

자, 이러고 보니 동물들이 철저히 확신하는 것이 하나 있다면 그것은 다름 아닌 존스가 돌아오지 않기를 바라는 것이었다. 그들에게 이런 식으로 설명하자 더 이상 누구도 말할 수가 없었다. 돼지들의 건강을 유지시키는 일이 중요하다는 것은 너무나 명백했다. 그리하여 우유와 떨어진 사과(그리고 다 익었을 때 거둬들일 사과도)는 돼지들만을 위해 비축해 두어야 한다는 점은 더 이상의 논쟁 없이 가결되었다.

제4장

늦여름이 되었을 때 동물농장에서 일어난 사건에 관한 소식이 주(州)의 반쯤에 퍼져나갔다. 스노볼과 나폴레온이 매일 비둘기들을 이웃 농장에 날려보내, 거기 있는 동물들에게 봉기이야기를 전해 주고 〈영국의 동물들〉 노래를 가르쳐 주게끔 했기 때문이다.

이 동안 존스 씨는 대부분의 시간을 윌링톤의 '레드 라이온' 술집에 주저앉아 시간을 보내면서 자기 이야기를 들어주는 사람들에게, 보잘것없는 한 패거리의 동물들에 의해서 자기 소유지에서 쫓겨났다는 엄청난 불의를 늘어놓으며 불평을 털어놓았다. 다른 농장주들은 그를 동정했지만 처음에는 그에게 별다른 도움을 주지 않았다. 제각기 마음속으로는 존스 씨가 당한 불행을 어떻게든 자기에게 유리하게 이용할 수 없을까 하는 생각을 은밀히 했다.

동물농장과 붙어 있는 두 농장의 주인간에 사이가 늘 나빴던 것은 다행스런 일이었다. 그 중 폭스우드란 이름을 가진 농장은 넓기는 하지만 제대로 돌보지 않은 고리타분한 구식 농장으로 숲이 너무 무성했고 목장 전부가 황폐해졌으며 울타리도 엉성했다. 이 농장의 주인 필킹톤 씨는 계절에 맞춰 낚시나 사냥으로 대부분의 시간을 낭비하는 낙천적인 건달 농부였다.

핀취필드라는 또 하나의 농장은 그보다는 작지만 관리가 잘 되었다. 이 농장의 주인 프리데릭 씨는 영리한 사람으로 언제나 소송에 걸려 있었고 부당한 거래를 한다는 평판을 받고 있었다. 이들 두 사람은 서로를 너무나 싫어해서 자기들 공동의 이익을 옹호하는 데 있어서조차도 의견의 일치를 보기 어려웠다.

그럼에도 불구하고 그들 두 사람은 동물농장의 봉기 소식에 아연실색하여 자기네 동물들도 그런 것을 배울까봐 무척이나 걱정을 했다. 처음 그들은 동물들이 자기들 스스로 농장을 관리한다는 생각을 비웃으며 경멸하다시피 했다. 그래서 이주일만 지나면 모든 것이 끝날 것이라고 떠벌렸다. 그들은 '매너농장'(그들은 '동물농장'이란 이름을 인정하려 하지 않았기 때문에 '매너농장'이라 부르기를 고집했다)의 동물들은 끝없이 자기들끼리 싸우다가 급기야 굶어 죽고 말 것이라는 소문을 퍼뜨렸다.

그러나 상당한 시간이 흘러갔음에도 불구하고 동물들이 굶어 죽지 않자 프리데릭과 필킹톤은 태도를 바꾸어 동물농장에서 한창 벌어지고 있는 무시무시한 악행에 대해 이야기하기 시작했다. 그곳 동물들은 서로의 고기를 뜯어먹는 일을 자행하며 벌겋게 달군 말편자로 서로를 고문하고 암놈들을 공동 소유한다고 떠들어댔다. 이것은 자연의 법칙을 역행한 데서 야기된 결과라고 말했다.

그렇지만 이런 이야기들을 말 그대로 믿는 자들은 없었다. 인간들은 쫓겨나고 동물들이 스스로의 일을 관리한다는 기적의 농장에 관한 소문은 애매하게 왜곡된 형태로 계속해서 퍼져 나갔다.

그리하여 그 해 내내 봉기의 물결이 그 지방 일대에 파문을 일으켰다. 언제나 말을 잘 듣던 황소가 갑자기 사나워졌고 양은 울타리를 넘어뜨렸으며 토끼풀을 먹어젖혔다. 암소는 물통을 차 던졌고 사냥에 쓰는 말은 담을 뛰어넘으려 들지 않았으며 오히려 타고 있는 사람을 한쪽으로 팽개쳐 넘어뜨렸다. 무엇보다 〈영국의 동물들〉의 곡조와 가사가 널리 알려졌다. 그것은 놀라운 속도로 퍼졌다. 사람들은 이 노래를 들었을 때 우스꽝스럽게 생각하긴 했지만 화가 치밀어오르는 것을 어쩔 수는 없었다. 그들이 아무리 동물이라 할지라도 어떻게 그처럼 천박한 생각을 노래로 부를 수 있는지 이해할 수 없다고 말하는 것이었다. 그 노래를 부르다 붙들린 동물들은 회초리를 맞았다.

그렇지만 그 노래를 막을 도리는 없었다. 티티새들은 울타리에서 그 노래를 재재거렸고, 비둘기는 느릅나무에서 구구거려 대장간의 쨍쨍거리는 소리와 교회의 종소리 속으로 파고들었다. 그리고 인간들은 그 노래에 귀기울일 때 그 노래에서 미래의 운명에 대한 예언의 소리를 듣고는 내심 부르르 전율을 느꼈다.

10월 초, 곡식을 베어 낟가리로 쌓아놓고 일부는 벌써 타작을 해놓았을 때, 한 떼의 비둘기들이 하늘을 훨훨 날아와 몹시도 흥분한 모습으로 동물농장의 마당에 내려앉았다. 존스와 그의 일꾼들이 폭스우드와 핀취필드에서 온 다섯 명과 함께 다섯 판자 문으로 들어와 농장으로 이르는 마차 길을 올라오고 있다는 전갈이었다. 그들은 모두 몽둥이를 들고 있었고, 존스는 손에 총을 잡고 선두에 서서 전진하고 있었다. 분명히 그들은 농장의 탈환을 시도하고 있는 것이다.

이것은 오래 전부터 예상했던 일이며 만반의 준비도 갖춰져 있었다. 농장집에서 찾아 낸 줄리우스 시저의 낡은 전기(戰記)를 연구해 온 스노볼이 방어작전의 책임을 맡았다. 그는 신속히 명령을 내렸고 2분도 안 되어 모든 동물들이 제자리에 위치했다.

사람들이 농장 건물로 접근해 오자 스노볼이 최초의 공격을 개시했다. 서른다섯 마리나 되는 비둘기들이 일제히 사람들 머리 위로 이리저리 날면서 공중에서 그들에게 찍찍 똥을 갈겼다. 사람들이 이것을 피하고 있는 사이에 울타리 뒤에 숨어 있던 거위들이 뛰쳐나와 그들의 종아리를 매섭게 쪼아댔다. 그러나 이것은 약간의 혼란을 일으키려는 가벼운 전초전에 지나지 않았다. 사람들은 몽둥이로 쉽사리 거위들을 퇴치해 버렸다. 스노볼은 여기서 두 번째 공격을 시작했다. 뮤리엘과 벤자민, 그리고 모든 양들이 스노볼을 선두로 하여 사방에서 덤벼들어 사람들을 찌르고 받고 하며 공격하는 한편, 벤자민은 빙 돌아 그 작은 발굽으로 사람들을 쳐서 때려 눕혔다. 그러나 몽둥이를 들고 징 박은 장화를 신은 인간들이 그들에게는 힘에 겨운 강적이었다. 스노볼이 갑자기 후퇴하라는 신호로 꽥꽥 소리를 지르자 모든 동물들은 되돌아서 문을 통해 마당으로 도망쳤다.

사람들은 승리의 함성을 질렀다. 예상한 대로 적들이 도망하는 것을 보자 그들은 무질서하게 추격했다. 그러나 이것이야말로 스노볼이 의도한 것이었다. 그들이 마당으로 들어서자마자 외양간에 복병하고 있던 세 마리의 말과 세 마리의 암소, 그리고 돼지들이 갑자기 뒤에서 나타나 그들을 차단했다. 그때 스노볼이 공격의 신호를 보냈다. 그는 직접 존스에게 달려들었다. 존스는 그가 달려드는 것을 보자 총을 들어 발사했다. 총알은 스노볼의 등에 핏자국을 내며 스쳐가 양 한 마리를 쓰러뜨렸다. 그 순간을 놓칠세라 스노볼은 열다섯 스톤(1스톤은 보통 14파운드)이나 되는 몸집을 존스의 다리에 내던졌다. 이에 존스는 똥무더기 속으로 털썩 쓰러지면서 손에서 총을 놓쳤다.

그러나 무엇보다 가장 무시무시한 장관은 복서의 모습이었다. 그는 뒷발로 우뚝 서서 마치 종마처럼 징 박은 커다란 발굽으로 뒷발질을 하고 있었다. 그의 첫 일격은 폭스우드에서 온 마부의 머리통을 쳐서 진흙 바닥에 쭉 뻗게 만들었다. 이 광경을 보자 몇몇 사람들은 몽둥이를 팽개치고 도망치려 했다. 그들은 공포에 휩싸였고 다음 순간 모든 동물들이 일제히 마당을 돌며 그들을 추격했다. 그들은 찌르고 차고 물고 짓밟느라고 정신이 없었다. 농장의 동물치고 그들 나름의 방식으로 원수를 갚지 않은 자는 하나도 없었다. 고양이마저 느닷없이 지붕에서 소몰이꾼 어깨로 뛰어내려 발톱으로 목을 할퀴자 그는 무섭게 비명을 질렀다. 그 순간 앞이 열렸고 사람들은 이때다 하고 마당으로부터 뛰어나와 큰길로 도망쳤다.

그리하여 그들은 공격한 지 5분도 못 되어, 뒤쫓아와 사방에서 쪼아대는 거위 떼를 떨치며 자기들이 의기양양하게 들어왔던 그 길로 치욕적인 후퇴를 하고 말았다.

한 명만 남겨 두고 사람들은 모두 도망가버렸다. 마당으로 돌아온 복서가 흙 속에 얼굴을 처박은 마부를 발굽으로 흔들며 젖혀놓으려고 애를 썼다. 그러나 마부 소년은 꼼짝도 하지 않았다.

「죽었군. 그럴 생각은 아니었는데. 내가 발에 징을 박았다는 것을 잊어버렸어. 내가 일부러 이러지 않았다는 것을 누가 믿어 줄까?」

복서가 비탄에 젖은 목소리로 말했다.

「감상은 금물이오, 동무! 전쟁은 전쟁이오. 오직 선량한 인간만이 죽는 법이요.」

상처에서 여전히 피를 뚝뚝 흘리며 스노볼이 외쳤다.

「난 목숨을 빼앗고 싶진 않아요, 비록 인간의 목숨이라도 말이오.」

복서는 되풀이해서 말했는데 그의 눈에는 눈물이 가득했다.

「몰리는 어디 있지?」

누군가가 소리를 질렀다.

정말 몰리가 없어졌다. 잠시 동안 모두 놀랐다. 사람들이 그녀에게 상처를 입혔거나 끌고 갔을지도 모른다고 걱정했다. 그러나 마침내 그녀가 여물통 건초 속에 머리를 처박고 자기 마구간에 숨어 있는 것을 발견했다. 그녀는 총소리가 나자마자 재빨리 도망쳤던 것이다. 그리고 그녀를 찾아내어 돌아왔을 때, 그들은 기절했을 뿐이었던 마부 소년이 이미 정신을 차려 재빨리 도망쳐 버렸다는 것을 알게 되었다.

동물들은 미친 듯이 흥분한 상태로 다시 모여들어 저마다 한껏 소리를 높여 제 무공을 떠들어댔다. 즉흥적인 승전 축하행사가 벌어졌다. 기를 게양하고 〈영국의 동물들〉을 몇 차례 부른 후 목숨을 잃은 양을 위해 엄숙한 장례식을 거행하고 나서 그녀의 묘 위에 산사나무를 심어 주었다. 무덤 옆에서 스노볼은 짤막한 연설을 통해, 모든 동물들은 필요하다면 동물농장을 위해 생명을 바칠 각오를 해야 한다고 말했다.

동물들은 무공훈장 '제1급 동물영웅'을 제정할 것을 만장일치로 결의하고 바로 그 자리에서 스노볼과 복서에게 이 훈장을 수여했다. 그 훈장은 놋쇠로 된 메달로(그들은 마구간에서 발견한 낡은 마구쪽을 갖고 있었다) 일요일과 공휴일이면 착용하도록 했다. 또한 '제2급 동물영웅' 훈장도 만들어 그것을 전사한 양에게 추서했다.

이 전투를 뭐라고 불러야 할 것인가에 대해 왈가왈부 의견이 분분했으나 마침내는 복병이 뛰쳐나온 곳의 이름을 따서 '소외양간 전투'라고 명명했다.

존스 씨의 총이 진흙 속에 엎어져 있는 것을 찾아냈고 농장집 탄약 통에 총알이 남아 있음을 확인했다. 그 총을 마치 대포처럼 깃대 밑에 걸어 놓아 1년에 두 차례, 소외양간 전투 기념일인 10월 20일과 봉기 기념일인 성 요한 제일(祭日)에 축포를 쏘도록 결정했다.

제5장

　겨울이 다가오자 몰리는 점점 더 골칫거리가 되었다. 그녀는 아침마다 작업장에 늦게 나타나서는 늦잠을 잤다고 핑계를 대었고, 이름도 모를 병에 대해 불평하면서도 식욕은 대단했다. 갖가지 구실을 붙여 그녀는 일터에서 뺑소니를 쳐 물 마시는 우물로 가서 우두커니 서서 물 속에 비친 자기 모습을 들여다보곤 했다. 그러나 그보다 더 심각한 소문들이 떠돌아다녔다.

　어느 날 몰리가 긴 꼬리를 흔들며 건초 줄기를 씹으면서 마당으로 빈둥빈둥 걸어 들어오자 클로버가 그녀를 한쪽으로 데려갔다.

　「몰리, 당신에게 아주 중요한 이야기를 해야겠어요. 오늘 아침 당신이 동물농장과 폭스우드 경계에 있는 울타리를 넘겨다보는 것을 보았어요. 필킹톤 씨의 일꾼 한 사람이 울타리 저편에 서 있습디다.

멀리 떨어져 있었지만 난 분명히 이 눈으로 보았다고 자신하는데, 그 사람이 당신에게 말을 걸고 당신 코를 쓰다듬어 주는데도 당신은 가만히 있었어요. 그게 무슨 짓이죠, 몰리?」

「그러지 않았어요! 난 거기 없었어요! 그건 정말이 아니에요!」

몰리는 도리어 펄펄 뛰고 땅바닥을 긁으면서 외쳤다.

「몰리, 내 얼굴을 봐요. 그 사람이 당신 코를 쓰다듬지 않았다는 것을 명예를 걸고 말할 수 있어요?」

「그건 사실이 아니에요!」

몰리는 되풀이해서 말했지만 클로버의 얼굴을 바라볼 수 없었고 다음 순간 줄행랑을 치며 들판으로 뛰어갔다.

클로버의 머리에 한 가지 생각이 퍼뜩 떠올랐다. 다른 동물들에게는 아무 말도 하지 않고 몰리의 외양간으로 가서 발굽으로 짚을 엎어 헤쳤다. 밀짚 아래에는 조그마한 각설탕 한 덩이와 각양각색의 리본 다발 몇 개가 숨겨 있었다.

사흘 후 몰리는 종적을 감췄다. 몇 주일 동안 그녀가 어디에 있는지 아무런 소식이 없었으나 비둘기들이 윌링톤의 저편에서 그녀를 보았다고 알려왔다. 그녀는 어느 술집 밖에 서 있는 붉은색과 검정색 페인트를 칠한 작은 마차의 굴대 사이에서, 바둑무늬 바지를 입고 각반을 두른 뚱뚱하고 얼굴이 불그레한 술집주인인 듯싶은 남자가 그녀의 코를 쓰다듬으며 설탕을 먹이고 있었다는 것이다. 그녀의 털은 새로 깎여 있었고 앞머리에는 자줏빛 리본을 매고 있었으며 표정이 아주 밝아 보였다고 비둘기가 말했다. 그 후로 동물들은 아무도 몰리 이야기를 하지 않았다.

1월이 되자 혹심한 추위가 왔다. 땅은 쇳덩이처럼 얼어붙어 들에 서는 아무 일도 할 수 없었다. 큰 헛간에서는 회합이 빈번이 열렸고, 돼지들은 봄철에 할 일을 계획하는 데 몰두해 있었다. 어떤 동물보다도 현명한 돼지가——비록 다수결로 비준을 받긴 해야 했지만——농장 정책의 모든 문제를 결정해야 한다는 것이 기정사실로 받아들여졌다. 이런 협의는 스노볼과 나폴레온 간의 의견 분쟁만 없었더라면 제대로 잘 시행될 것이었다. 이들은 의견의 상위가 가능한 모든 문제에 대해 의견을 달리했다. 둘 중 하나가 보리를 좀더 많이 심자고 제의를 하면 다른 하나는 어김없이 귀리를 더 많이 심자고 주장했고, 어느 한쪽이 이러이러한 땅에는 호배추가 알맞다고 말하면 다른 한쪽에서는 그곳은 근채류 외에는 아무것도 맞지 않는다고 들고 나오곤 했다.

각자는 자기대로의 추종자를 갖고 있었고 때로는 격렬한 논쟁이 벌어졌다. 회합에서는 스노볼이 뛰어난 연설로 자주 다수표를 획득했지만 나폴레온은 개별적인 접촉을 해서 은근히 자기 쪽으로 표를 끌어오는 데 능란했다. 그는 특히 양들에게 성공적이었다. 근래 양들은 때를 가리지 않고 음매에 하면서 「네 다리는 좋고 두 다리는 나쁘다!」고 소리를 질렀는데 그들은 이런 방법으로 회합을 자주 중단시켰다. 그들은 특히 스노볼의 연설이 절정에 다다르는 순간에 「네 다리는 좋고 두 다리는 나쁘다!」고 외쳐 방해를 하는 경향이 있었다.

스노볼은 농장집에서 찾아 낸《농민과 목축》이란 잡지 몇 권을 놓고 면밀히 연구한 끝에 여러 가지 혁신과 개선에 대한 계획을 잔뜩 세워놓고 있었다. 그는 배수로와 저장법, 그리고 인산석회(燐酸石灰)에 대해 학자처럼 설명했고, 모든 동물들은 운반노동력을 절약하기 위해 매일 들판의 다른 곳에 직접 똥을 배설하도록 하는 복잡한 계획을 생각해 냈다.

나폴레온은 자신의 계획을 내놓지는 못했지만 스노볼의 계획이 아무 쓸모가 없게 될 것이라고 은밀히 말을 하고는 때를 기다리는 것 같았다. 그러나 그들의 모든 논쟁을 통틀어 풍차 때문에 일어난 것만큼 격렬했던 적은 없었다.

농장 건물로부터 멀리 떨어지지 않은 곳, 기다란 목장 안에, 이 농장에서 가장 높은 곳인 작은 언덕이 있었다. 스노볼은 이 지형을 조사한 후 이곳이 풍차를 세우기에 제일 좋은 장소라고 선언하고 풍차가 서면 발전기를 돌려 농장에 전력을 공급할 수 있다고 말했다. 전기는 축사를 밝혀 줄 뿐만 아니라, 겨울이면 난방을 할 수 있고 둥근 톱, 절단기, 여물 자르개 그리고 전기 착유기를 사용할 수 있으리라는 것이었다. 동물들은 일찍이 이런 기계들에 대해 들어 본 적도 없었다(이 농장은 구식이었기 때문에 가장 원시적인 기구만 있을 뿐이었다). 그래서 자기들은 편안히 들판을 바라보며 책을 읽거나 대화를 하며 교양을 닦는 동안 자기들을 대신해서 일을 해준다는 환상적인 기계들을 설명해 주는 스노볼의 말에 넋을 잃고 귀를 기울였다.

몇 주일 후, 풍차를 만들겠다는 스노볼의 계획안이 완전히 작성되었다. 기계의 세부 지식은 존스 씨의 것이었던 『가정백과』, 『벽돌쌓기는 누구나』, 『전기학 입문』 등 세 책에서 얻어냈다.

스노볼은 전에는 부란기(孵卵器)가 있었던, 제도하기 알맞게 매끈한 마룻바닥이 있는 움막 하나를 서재로 사용했다. 그는 한번 들어앉으면 몇 시간이고 그 안에 처박혀 있었다. 책을 펼쳐 돌로 눌러 놓고 앞 발 끝 사이에 분필조각을 잡고서는 이리저리 급하게 옮기면서 연달아 선을 긋고 홍분에 싸여 작은 말로 뭐라고 중얼거리기도 했다. 점차로 그 설계도는 크랭크와 톱니바퀴로 이루어진 복잡한 덩어리가 되어 마룻바닥의 반 이상을 차지하게 되었고, 다른 동물들은 그걸 전혀 이해하지는 못했지만 무척 감동을 받으면서 구경했다. 그들 모두가 적어도 하루에 한 번씩 스노볼의 설계를 보러 왔다. 암탉이나 오리까지 와서 분필 표시를 밟지 않으려고 애를 썼다. 오직 나폴레온만이 초연한 태도를 보였다. 애당초부터 그는 풍차에 대해 반대의 입장을 표명한 바 있었다.

그러던 그가 어느 날 뜻밖에도 그 계획을 검토하러 왔다. 그는 움막을 묵직한 걸음으로 빙 돌고 나더니 설계의 구석구석 모든 세부를 치밀하게 바라본 후 한두 번 코를 킁킁거렸다. 잠시 동안 서서 곁눈으로 노려보고 난 후 느닷없이 한 다리를 쳐들고 설계도 위에 오줌을 갈겨댔다. 그리고 한마디 말도 없이 나가버렸다.

농장 전체가 풍차 문제로 심각하게 분열되었다. 그걸 건설한다는 일이 어려울 것이라는 점은 스노볼도 부인하지 않았다. 돌을 꼬아서 벽을 세워야 하고 풍차날개를 만들어야 하며, 그런 다음에도 발전기와 전선이 필요할 것이다(이것들을 어떻게 조달할 것인지에 대해서 스노볼은 말하지 않았다). 그러나 그는 1년이면 모든 것이 완료될 수 있다고 주장했다. 그런 다음이면 상당량의 노동력이 절약되어 동물들은 일주일에 사흘만 일하면 된다고 그는 큰소리를 쳤다.

나폴레온은 이와 반대로 현재 가장 절실히 필요한 것은 식량 생산을 증가시키는 것이며, 만일 풍차에 시간을 낭비한다면 그들 모두가 굶어죽으리라는 것을 역설했다. 동물들은 '스노볼에 투표해서 일주 3일 노동을'과 '나폴레온에 투표해서 배부른 밥그릇을'이란 두 개의 슬로건 아래 두 패로 나뉘었다.

벤자민은 어떤 편에도 들지 않은 유일한 동물이었다. 그는 식량이 더욱 풍부해지리라는 것도, 풍차가 노동을 절약해 주리라는 것도 믿지 않았다. 풍차가 있든 없든, 삶이란 항상 그래 왔던 것처럼, 언제나 고생스러운 것이라고 말했다.

풍차에 관한 논쟁 이외에도 농장 방위에 관한 또 다른 문제가 있었다. 인간들이 소외양간 전투에서 패배했지만 그들은 농장을 탈환하고 존스 씨를 다시 들어앉히기 위해 또다시 보다 결정적인 기도를 감행하리라는 것은 충분히 납득이 되고도 남았다. 그들이 패배했다는 소식이 이 지방에 퍼졌고 이웃 농장들의 동물들이 전보다 더욱 반항

적이 되었기 때문에 사람들이 그렇게 해야 할 이유는 더욱 커졌다.

스노볼과 나폴레온은 언제나 그랬던 것처럼 의견이 일치되지 못했다. 나폴레온은 동물들이 해야 할 일은 화기(火器)를 조달해서 그들 스스로 그것을 다룰 수 있도록 훈련해야 한다고 주장했다. 반면에 스노볼은 비둘기들을 더욱더 많이 보내서 다른 농장의 동물들에게 봉기를 선동해야 한다고 했다. 한쪽은 그들 스스로가 방어할 수 없다면 그들은 정복당하게 될 것이라는 주장이었고, 다른 한쪽은 반란이 여기저기서 일어난다면 그들은 스스로를 방어할 필요가 없게 된다는 말이었다.

동물들은 처음에는 나폴레온의 말에 귀를 기울였다가 다시 스노볼 말을 듣고서는 어느 것이 옳은지 판단할 수가 없게 되었다. 사실 그들은 언제나 그 순간에 말하고 있는 쪽에 동의하곤 했다.

마침내 스노볼의 계획이 완성되는 날이 되었다. 다음 일요일 회합에서 풍차 작업의 개시 여부에 관한 문제를 투표로 결정하기로 하였다.

동물들이 큰 창고에 모이자, 스노볼이 일어나서 때때로 음매에거리는 양들에게 방해를 받으며 풍차 건설을 옹호하는 이유를 설명했다. 그러자 나폴레온이 일어나서 반박했다.

풍차란 허무맹랑하고 우스꽝스러운 것에 지나지 않으니 아무에게도 그것을 지지하라고 권고할 수 없노라고 그는 아주 침착하게 말하고서 곧 자리에 앉았다. 그는 불과 30초 동안 연설했으며 자기 발언의 효과에 대해서 거의 무관심한 듯이 보였다. 이때 스노볼이 벌떡 일어나서 다시 음매에거리기 시작하는 양들에게 고함을 지른 뒤 풍차를 지지해 줄 것을 열렬히 호소했다. 이때까지는 동물들의 의견이 거의 반반으로 갈려 있었으나 순식간에 스노볼의 열변이 그들을 사로잡고 말았다.

그는 유창한 구변으로 천박한 노동이 동물들의 등에서 벗겨질 때 나타날 동물농장의 모습을 묘사해 나갔다. 절단기와 여물 자르개는 문제도 되지 않게 그의 상상력은 훨씬 비약해 나갔다. 전기는 타작기, 쟁기, 써레, 땅고르개, 수확기, 결속기를 가동시킬 수 있을 뿐만 아니라 각자의 방마다 전등과 냉온수와 전기난방기를 설치할 수 있다고 설명했다. 그가 연설을 마칠 무렵에는 투표가 어느 쪽으로 갈 것인지에 대해 의심할 여지가 없었다. 그러나 바로 이 순간에 나폴레온이 일어나서 그의 특유한 곁눈질로 스노볼을 째려 본 뒤 일찍이 아무도 들어 본 적이 없는, 높이 째지는 음성으로 소리를 질렀다.

이 소리가 나자 밖에서 무시무시하게 으르렁거리는 소리가 났다. 그리고는 쇠단추 고리를 단 커다란 개 아홉 마리가 창고 안으로 달려 들어왔다. 그들이 곧장 스노볼에게 덤벼들자 스노볼은 자리에서 재빨리 일어나 물어뜯으려는 이빨들을 피했다. 그는 순간적으로 문 밖으로 뛰어나갔고 개들이 그의 뒤를 쫓았다.

말할 수 없으리만큼 놀라고 공포에 찬 동물들은 문 쪽으로 몸을 돌려 그 추격전을 바라보았다. 스노볼은 한길로 나가는 기다란 목장을 건너 달렸다. 그는 돼지가 달릴 수 있는 전력을 다해 달리고 있었지만, 개들은 그의 뒤꿈치에 점점 가까워지고 있었다. 갑자기 그가 미끄러져서 개들이 그를 잡을 것 같았다. 그러자 그는 다시 일어나 전보다 더 빨리 뛰었다. 개들도 다시 그를 쫓았다. 그 중 한 마리가 스노볼의 꼬리를 이빨로 거의 물 뻔했으나 스노볼이 재빨리 꼬리를 휘둘러 겨우 모면했다. 그는 남은 힘에 박차를 가해 몇 인치를 사이에 두고 울타리 구멍으로 빠져나갔고 다시 보이지 않게 되었다.

말을 잃고 공포에 싸인 채 동물들은 창고로 도로 기어 들어왔다. 그때 개들도 달려서 되돌아왔다. 처음에는 아무도 이 짐승들이 어디서 왔는지 알 수가 없었다. 그러나 그 의문은 곧 풀렸다.

그들은 나폴레온이 제 어미로부터 떼어내 사사로이 기른 강아지들이었다. 아직 다 자라지는 않았지만 덩치가 커다란 개로서 늑대처럼 사나워 보였다. 그들은 나폴레온 옆에 붙여다니며 지켜주었다. 다른 개들이 존스 씨에게 했던 것과 똑같은 식으로 그들이 나폴레온에게 꼬리를 흔드는 것이 보였다.

나폴레온은 뒤에 개들을 데리고 전날 메이저가 서서 연설하던, 높이 쌓은 연단으로 올라갔다. 그는 이제부터 일요일 아침의 회합을 중지하겠노라고 선포했다. 그런 회합은 불필요할 뿐 아니라, 시간 낭비라는 것이었다. 앞으로 농장 작업에 관련된 모든 문제는 자신이 주재하는 돼지들의 특별위원회에서 결정하겠다고 했다. 이들은 비밀리에 회의를 하며 그들의 결정사항은 추후에 다른 동물들에게 전달될 것이었다. 동물들은 여전히 일요일 아침에 모여 기에 경례를 한 다음 〈영국의 동물들〉을 제창하게 될 것이며, 그 주일에 이행할 명령을 하달받지만 토론은 일체 허용치 않는다는 것이었다.

스노볼의 축출이 그들에게 안겨 준 충격에도 불구하고 동물들은 이 발표에 실망했다. 그들 중 상당수는 정당한 의견만 있으면 항의했을 것이다. 복서마저 이유는 애매하지만 기분이 언짢았다. 그는 귀를 뒤로 쫑긋거리며 앞머리를 몇 차례 흔들고 생각을 정리하려고 열심히 애를 썼다. 하지만 해야 할 말이 아무것도 떠오르지 않았다.

몇몇 돼지들이 그래도 좀더 똑똑했다. 앞줄에 앉은 네 마리 젊은 돼지가 날카로운 목소리로 반대 의사를 표명하더니 벌떡 일어나 동시에 말하기 시작했다. 그러나 갑자기 나폴레온 주위에 앉아 있던 개들이 위협적으로 으르렁거리는 소리를 깊숙이 뱉어내자 돼지들은 아무 소리도 못하고 다시 주저앉아 버리고 말았다. 그러자 양들이 커다란 소리로 「네 다리는 좋고 두 다리는 나쁘다!」를 음매에 외치며 15분 동안이나 떠들어대서 토의할 기회를 아주 막아 버렸다.

뒤에 스퀼러가 농장에 골고루 파견되어 다른 동물들에게 새로운 협의를 설명했다.

「동무들! 나폴레온 동무가 스스로 과외의 일을 맡은 회생 정신에 대해 이곳 모든 동물들이 감사히 여길 것이라고 나는 확신합니다. 동무들, 지도자가 된다는 것이 기쁜 일일 거라고 절대로 생각지 마십시오. 그와 반대로 그것은 깊고 무거운 책임을 의미하는 것입니다. 모든 동물들이 평등하다는 것을 나폴레온 동무 이상으로 굳게 믿는 이는 없습니다. 그는 여러분이 스스로 결정할 수 있게 된다면 더없이 행복해 할 것입니다. 그러나 때로 여러분은 잘못 판단할 수도 있을 것입니다. 동무들, 그러면 그때 우리는 어떻게 될까요? 여러분이 풍차라는 헛된 공상을 한 스노볼을 따르기로 결정했다고 생각해 보시오──스노볼은 우리가 알고 있는 바와 같이 죄인보다 더 나을 것이 없지 않소.」

「그는 소외양간 전투에서 용감하게 싸웠어요.」

누군가가 말했다.

그러자 스퀼러가 말했다.

「용감한 것만으로는 충분치 않소. 충성과 복종이 더욱 중요하오. 그 전투에서 맡은 스노볼의 역할이 상당히 과장되었음이 밝혀질 날이 오리라고 나는 믿고 있습니다. 규율! 동무들, 철통 같은 규율입니다! 그것이 오늘의 표어입니다. 한 번 잘못 발을 옮기면 우리의 적들이 우리를 억압할 것입니다. 분명히, 동무들, 여러분은 존스 씨가 돌아오기를 바라지 않겠지요?」

다시 한번 이런 의견에 반박이 있을 수 없었다. 틀림없이 동물들은 존스 씨가 돌아오는 것을 원하지 않았다. 일요일 아침의 토의를 고집하는 것이 그를 돌아오게 만드는 것이라면 그런 토의는 중단해야 했다. 이제껏 여러 차례 사태들을 생각해 볼 여유를 가졌던 복서가 「나폴레온 동무가 그렇게 말한다면 그게 옳겠지요.」라고 말함으로써 전반적인 분위기를 대신해 주었다. 그리고 그때부터 그는 '내가 좀더 일하지.' 라는 개인적인 주제에 덧붙여 '나폴레온은 항상 옳다.' 는 격언을 만들었다.

이때쯤 날씨가 풀렸고 봄갈이가 시작되었다. 스노볼이 풍차를 설계하던 움집은 모두 막아 버렸고, 그 설계는 마룻바닥에서 지워졌으리라고 생각되었다.

매주 일요일 아침 10시마다 동물들은 큰 창고에 모여 그 주일의 명령을 받았다. 이제는 살점이 깨끗이 떨어져 나간 메이저 영감의 두개골을 과수원에서 캐내어 깃대 밑 그루터기에 총과 나란히 세워 놓았다. 기를 게양한 후 동물들은 경건한 태도로 이 두개골을 지나 창고로 들어가라는 지시를 받았다.

이제는 모든 동물들이 예전처럼 모여 앉지 않게 되었다. 나폴레온은 스퀼러와, 노래와 시를 짓는 데 탁월한 재능을 가진 미니머스란 또 한 마리 돼지와 함께 높이 쌓은 연단 앞줄에 앉고, 아홉 마리 젊은 개들이 반원형으로 그들을 둘러싸고 앉았으며 다른 돼지들이 그 뒤에 앉았다. 그리고 나머지 동물들은 창고 중앙에 그들을 마주하여 앉았다. 나폴레온이 군인답게 절도 있는 태도로 그 주일에 해야 할 일에 대해 읽으면 모든 동물들은 〈영국의 동물들〉을 한 번 부른 후에 흩어졌다.

스노볼이 추방된 지 세 번째 맞는 일요일에 동물들은 나폴레온이 어떻게 해서든 풍차를 세울 것이라고 발표하는 말을 듣자 약간 놀랐다. 그는 자기가 마음을 바꾼 데 대해 아무런 해명을 하지 않고, 다만 동물들에게 이 과외의 과제는 매우 어려운 작업이며 식량 배급량을 줄일 필요가 생길지도 모른다고 경고했을 뿐이었다. 그 설계는 마지막 세부에 이르기까지 모두 준비되어 있었다. 돼지들의 특별위원회가 지난 삼 주일 동안 작업해 왔다는 것이었다.

풍차 건설은 다른 여러 가지 부수 시설과 함께 2년이 걸릴 것으로 예상되었다.

그날 저녁 스퀄러는 나폴레온이 정말로 풍차 건설에 반대했던 것은 아니었다고 다른 동물들에게 비공식적으로 설명해 주었다. 그와 반대로 처음부터 풍차 건설을 주장한 이가 그였고 스노볼이 움막 바닥에 그렸던 설계는 실상 나폴레온의 문서 속에서 훔쳐간 것이라고 했다.

풍차가 실제로 나폴레온 자신의 창의였다면, 그가 왜 그처럼 강력하게 반대 발언을 했었느냐고 누군가가 물었다. 여기서 스퀄러는 아주 교활하게, 바로 그게 나폴레온 동무의 노련성이라고 말했다. 그가 풍차에 반대하는 것처럼 '보여준' 것은 다만 위험한 성격의 스노볼을 처치하기 위한 작전이었다는 것이다. 스노볼이 없어진 지금, 그 설계는 그의 훼방 없이 시행될 수 있으리라는 것이다. 스퀄러의 말에 의하면, 이것이 이른바 전략이었다.

그는 이리저리 걸음을 옮기며 꼬리를 흔들고 즐거운 웃음을 웃으며 몇 차례나 「전략! 동무들, 전략입니다.」라고 반복했다. 동물들은 그 말이 무슨 뜻인지 알지 못했지만 스퀼러가 워낙 설득력 있게 말하고 그와 함께 있는 세 마리의 개가 무척 위협적으로 으르렁거렸기 때문에 더 이상 아무런 질문 없이 그의 해명을 받아들였다.

제6장

　그 해 내내 동물들은 노예처럼 일했다. 그러나 그들은 노동을 하면서도 행복했다. 자기네가 하는 일이 자신과 자기 다음 세대들의 혜택을 위해서이지 게으르고 착취하는 인간들을 위한 것이 아님을 알고 있어서 노력과 희생을 조금도 아끼지 않았다. 봄과 여름에는 일주일에 60시간씩 일했고, 8월에는 일요일 오후에도 일이 있을 거라고 나폴레온이 발표했다. 이 작업은 엄격히 따지자면 자발적이었지만 결석하는 동물은 식량 배급이 반으로 줄어들 것이었다.

　그렇게 일했는데도 손도 못 댄 일들이 남아 있었다. 수확은 지난해보다 별 성공을 거두지 못했으며 이른 여름에 근채류를 심었어야 할 두 개의 들판은 밭갈이가 제대로 일찍 되지 못했기 때문에 아직 심지도 못하였다. 올 겨울이 고생스러울 것이라는 점이 충분히 예상되었다.

풍차 건설은 의외의 난관에 부딪히게 되었다. 농장에는 질 좋은 석회암 채석장이 있었고 상당량의 모래와 시멘트가 창고에서 발견되었기 때문에 건축에 필요한 모든 재료는 수중에 들어온 떡이었다. 그렇지만 동물들이 맨 처음 봉착한 문제는 그 돌들을 적당한 크기로 잘라 내는 방법이었다. 그렇게 하려면 곡괭이와 쇠지레를 사용하는 방법밖에 없었는데 동물들은 뒷다리로만 서 있을 수 없기 때문에 그런 연장들을 사용할 수가 없었던 것이다.

몇 주일이나 헛되이 노력한 끝에 누군가가 묘안을 떠올렸다. 즉 중력을 활용하자는 생각이었다. 그들이 사용하기에는 힘에 벅찬 커다란 돌들이 채석장 밑으로부터 층층이 쌓여 있었다. 동물들은 이 돌덩이에 밧줄을 둘러 묶고 암소, 말, 양뿐 아니라 밧줄을 잡을 수 있는 동물들을 다 동원하여——때로 급한 순간에는 돼지조차 합세했다——죽을힘을 다하여 조금씩 조금씩 채석장 꼭대기 경사진 데로 바위를 끌어 놓고, 밑으로 굴러 떨어뜨려 산산조각을 내는 것이었다. 깨진 돌을 운반하는 일이란 비교적 간단했다. 말들은 마차에 실어 옮겼고 양들은 하나씩 끌어당겼으며 뮤리엘과 벤자민조차 스스로 낡은 이륜마차에 멍에를 매고 제 몫을 했다. 늦여름이 되었을 즈음 돌은 충분히 쌓였다. 그리하여 돼지들의 감독 아래 공사가 시작되었다.

그러나 그것은 힘들고 지지부진한 공정이었다. 기진맥진하도록 애를 써서 돌 하나를 채석장 꼭대기로 끌고 가는 데 하루 종일이 걸린 적이 한두 번이 아니었다. 때로는 돌이 땅에 박히기만 하고 깨지지 않은 적도 있었다. 복서가 없었다면 아무 일도 할 수 없을 뻔했다. 그 혼자의 힘이 나머지 동물들의 힘을 모두 합친 것과 비슷하게 보일 정도였다. 끌어올리던 돌덩이가 미끄러지기 시작하여 그 힘 때문에 동물들이 언덕 밑 쪽으로 끌려가 절망적으로 아우성을 치고 있을 때, 밧줄을 버티고 잡아 돌을 세우게 만드는 것은 언제나 복서였다. 숨을 몰아쉬며, 말굽 끝으로 땅을 벅벅 긁으며 널찍한 옆구리에 땀이 송송 솟은 채 경사진 곳을 한치 한치 안간힘을 써서 기어오르는 모습을 바라볼라치면 누구나 찬탄의 감정에 휩싸이게 마련이었다.

클로버가 너무 무리하지 말라고 그에게 자주 충고하지만 복서는 그녀의 말에 귀를 기울이지 않았다. '내가 좀더 일하지.' 와 '나폴레온은 항상 옳다.' 라고 그가 내세운 두 슬로건은 모든 문제에 대한 그의 충분한 대답이 되는 것 같았다. 지금까지 그는 아침이면 남보다 30분씩 일찍 일어나던 것을 45분으로 당겨 일찍 깨워 주도록 수탉에게 부탁했다. 그리고 요즘에는 그리 많지도 않은 여가 시간에도 혼자서 채석장으로 가 부서진 돌덩이를 한 무더기 모아 가지고 누구의 도움도 없이 풍차를 세울 자리로 끌어가곤 했다.

동물들은 그 여름 내내 고되게 일하기는 했지만 생활이 쪼들리지는 않았다. 존스 씨 시절보다 식량이 더 많지는 않았다 하더라도 적어도 그보다 더 적어지지는 않았다. 자기네들끼리만 먹으며 사치스런 다섯 명의 인간들을 부양시킬 필요가 없는 데서 생기는 이득이 무척 커서 웬만한 실패를 보상하고도 남았다. 그리고 여러 가지 면에서 동물들이 일을 처리하는 방법이 보다 더 능률적이고 노동절약적이었다. 가령 잡초를 뽑는 것과 같은 일들은 인간들로서는 불가능할 정도로 철저하게 시행되었다. 게다가, 이제는 아무도 훔치는 일이 없기 때문에 밭과 목장 사이에 울타리를 막아 둘 필요가 없었다. 그것은 울타리와 문을 유지하는 데 드는 상당량의 노동력을 절약시켜 주었다.

그럼에도 불구하고 여름을 겪으면서 예상하지 못한 여러 가지 결핍 현상들이 나타나기 시작했다. 파라핀 유(油), 못, 끈, 개가 먹는 비스킷, 그리고 말발굽의 징이 다 떨어졌는데 그 어느 것도 농장에서 만들어 낼 수 없었다. 좀더 시일이 지나자 종자와 인조 비료도 떨어졌으며, 갖가지 연장 그리고 마침내는 풍차 건립에 사용할 기계도 필요하게 되었다. 그러나 이런 것들을 어떻게 만들어낼지 그 누구도 상상조차 할 수 없었다.

어느 일요일 아침, 동물들이 명령을 받으러 모였을 때, 나폴레온은 새로운 정책을 결정했다고 발표했다. 이제부터는 동물농장이 이웃 농장들과 상거래를 하겠다는 것이었다. 그것은 상업적인 목적 때문이 아니라 시급히 필요한 원자재를 얻기 위해서라고 했다. 풍차 건립에 필요한 물품들이 다른 모든 것보다 우선해야 한다는 것이었다. 따라서 그는 건초더미와 올해 거두어들일 밀의 일부를 판매한다는 협정을 맺고 있는 중이었다. 그러고도 돈이 더 필요하게 되면 시장이야

월링톤에 늘 있으므로 그때 계란을 팔겠다는 것이었다. 암탉들의 이러한 희생은 풍차 건립에 그들만이 할 수 있는 특별한 공헌으로 알고 감수해야 한다고 나폴레온은 말했다.

동물들은 다시 한번 막연한 불안감을 의식했다. 인간들과는 어떠한 거래도 하지 않겠다는 것, 장사를 하지 않겠다는 것, 화폐를 사용하지 않겠다는 것——이런 것들이야말로 존스 씨를 몰아 낸 후에 열린 승리의 첫 회합에서 통과된 최초의 결정이 아니었던가? 동물들은 모두 이런 결의를 기억하고 있었다. 아니, 적어도 그들은 기억하고 있다고 생각했다. 나폴레온이 회합을 폐지했을 때 항의를 했던 네 마리의 젊은 돼지들이 머뭇거리면서 말을 꺼냈으나 개들이 무시무시하게 으르렁거리자 즉시 입을 다물어 버리고 말았다. 그러자 언제나처럼 양들이 「네 다리는 좋고 두 다리는 나쁘다!」를 터뜨렸고 순간적으로 어색했던 분위기도 풀렸다.

마침내 나폴레온이 조용히 하라고 앞다리를 올렸다. 그리고 그는 이미 모든 준비를 끝냈다고 선언했다. 동물 중에 어느 누구도 인간과 직접 접촉할 필요는 없으며, 그것은 분명히 바람직하지 못한 일이라고 말했다. 그는 모든 짐을 자기 어깨에 짊어질 각오라고 했다. 월링톤에 살고 있는 윔퍼 씨라는 변호사가 동물농장과 외부세계 사이의 중개자 역할을 맡아 주기로 했으며, 그리하여 그는 매주 월요일 아침에 자기 지시를 받기 위해 농장을 방문하리라는 것이었다. 늘 그렇듯이 나폴레온이 「동물농장 만세!」를 외치며 연설을 끝마치자 동물들은 〈영국의 동물들〉을 부른 후 흩어졌다.

그러고 난 후 스퀼러가 농장을 한 바퀴 돌며 동물들의 마음을 가라앉혔다. 그는 동물들에게 확인하기를, 장사를 하지 않겠다는 것과 화폐를 사용하지 않겠다는 것에 대한 결정은 결코 통과된 적도, 아니 제안된 적도 없었다는 것이었다. 그것은 순전히 상상이며 그럴 만한 근거가 있다면 처음 스노볼이 퍼뜨린 거짓말에서 연유한 것이라고 했다. 그래도 몇몇 동물들이 모호하게나마 여전히 의심을 품고 있자 스퀼러가 앙칼지게 질문을 퍼부어댔다.

「그건 여러분들이 꿈꾸었던 것이 아니라고 확신할 수 있소, 동무들? 여러분들은 그런 결정에 대한 기록을 갖고 있소? 그게 어디 씌어 있어요?」

이러한 것들이 기록으로 남아 있지 않은 것이 분명했으므로 동물들은 자신들이 착각하고 있겠거니 하고 포기해 버렸다.

월요일만 되면 약속대로 윔퍼 씨가 농장을 방문했다. 그는 구레나룻을 기른, 교활하게 생긴 작은 체구의 남자로서 시시한 일밖에 못 맡는 변호사였지만 동물농장에 브로커가 필요할 것이며 그 보수도 적지 않을 것이라는 점을 누구보다도 빨리 알아챌 만큼 눈치가 빠른 위인이었다. 동물들은 일종의 두려움 비슷한 감정으로 그가 왔다 가는 것을 지켜보았으며 가능한 한 그와 마주치는 것을 피했다. 그럼에도 불구하고 네 다리로 서 있는 나폴레온이 두 다리로 선 윔퍼에게 명령을 내리는 모습은 그들의 긍지를 살려주었으며, 일부에게는 새로운 협정이 잘된 것이라는 생각까지 갖게 해주었다.

그 즈음 인간과의 관계가 예전과는 달라졌다. 그렇다고 인간들이 지금 번창하고 있는 동물농장에 대해 증오감을 덜 품고 있는 것은 아니었다. 오히려 전보다 더 미워했다. 모든 인간들은 그 농장이 조만간에 파산될 것이며, 무엇보다 풍차는 꼭 실패할 것이라는 점을 하나의 신조처럼 받아들이고 있었다. 그들은 공회당에 모여 풍차는 무너질 것이고, 설령 건립된다 하더라도 절대로 가동하지 못할 것이라고 도표를 그려 가며 서로에게 증명해 보이곤 했다. 그러나 그들은 자기들 본의와는 달리, 동물들이 자신의 일들을 운영해 나가는 효율성에 대해서는 어떤 존경심마저 품게 되었다. 그래서 농장의 정식 명칭 그대로 '동물농장'이라고 부르기 시작했으며, '매너농장'으로 불러야 한다는 주장을 포기한 것이 그런 징조의 하나였다.

그들은 또한 자기 농장으로 되돌아가겠다는 희망을 포기하고 이 지방 다른 곳으로 이사해 버린 존스 씨를 변호하지 않게 되었다. 윔퍼를 통하지 않고는 동물농장과 외부세계 간의 접촉이 전혀 없었지만 나폴레온이 폭스우드 농장의 필킹턴 씨나 핀취필드 농장의 프리데릭 씨 중 어느 한쪽과 통상 협정을 맺을 것이라는 소문이 꾸준히 나돌았다(그러나 양자와 동시에 맺을 것이라는 주장이 절대 아니라는 점이 주목되었다).

바로 이 무렵 돼지들은 갑자기 농장집으로 이사해서 그곳을 거처로 삼았다. 초기에 농장집에서 거처하지 않기로 결의했던 사실이 동물들에게 다시 상기되는 듯했다. 그러나 스퀼러가 이번에도 이것은 그런 경우가 아니라고 그들을 확신시킬 수 있었다. 그는 이 농장의 두뇌인 돼지들에게는 조용한 장소가 절대로 필요하다고 설명했다. 또한 지도자(근래 그는 나폴레옹 위에 '지도자' 란 칭호를 붙이게 되었다)의 권위로 보아 보통의 돼지우리보다 이 집에 사는 것이 합당하다고 말했다.

그럼에도 불구하고 돼지들이 식당에서 식사하고 응접실을 휴게실로 사용할 뿐 아니라 침대에서 잠을 잔다는 말을 들었을 때 몇몇 동물들은 동요했다. 복서는 늘 하듯이 '나폴레옹는 항상 옳다.' 는 것으로 지나쳐 버렸으나 클로버는 침대 사용을 금한다는 명확한 법칙을 기억하고서 창고 끝으로 가 거기에 적혀 있는 7계명을 생각해 내기 위해 애를 썼다. 그녀는 글자를 하나씩밖에 읽을 수 없다는 것을 깨닫고 뮤리엘을 데리고 갔다.

「뮤리엘, 나에게 넷째 계명을 읽어 줘요. 침대에서 자서는 안 된다는 이야기가 있지 않아요?」

뮤리엘은 약간 힘들게 그것을 읽었다.

「'어떤 동물도 침대에서 요를 덮고 자서는 안 된다' 고 적혀 있군요.」

하고 그녀는 마침내 말했다.

정말 너무나 이상하게도, 클로버는 넷째 계명의 '요' 에 대한 언급이 있었다는 것을 기억해 낼 수가 없었다. 그러나 벽에 그렇게 씌어 있으니 그게 사실일 수밖에 없었다. 그런데 우연히 개 두 마리를 데리고 그곳을 지나가던 스퀼러가 사태의 전모를 제대로 설명해 주었다.

「그럼 동무들도 들었군요. 우리 돼지들이 요즘 농장집의 침대에서 잔다는 거 말이죠? 그런데 그러지 못할 이유가 있을까요? 당신들은 '침대'에서 자지 말라는 규칙이 있다고 생각하는 건 분명히 아니었지요? 침대란 그저 잠자는 곳을 의미합니다. 외양간의 널려 있는 짚더미도 정확히 말하면 침대입니다. 규칙은 인간의 발명품인 '요'에 반대하는 것이었죠. 우린 농장집 침대에서 요를 걷어치우고 담요를 덮고 잔답니다. 그리고 그것 역시 아주 편한 침대더군요! 그러나 동무들, 우리가 요즘 해야 하는 두뇌작업에 비추어 보면, 그것도 우리가 필요로 하는 만큼 편하지는 않아요. 여러분은 우리한테서 휴식마저 빼앗지는 않겠죠, 동무들. 당신들은 우리가 너무 피곤해서 의무를 수행하지 못하게끔 만들지는 않겠죠? 분명히 여러분 중 어느 누구도 존스 씨가 돌아오기를 바라지 않겠지요?」

동물들은 즉각 이 점에 대해 그를 안심시켰다. 그리고 더 이상 돼지들이 농장집 침대에서 자는 것에 대해 말하지 않았다. 그리고 그로부터 며칠 후, 이제부터 돼지는 다른 동물보다 한 시간 늦게 기상할 것이라고 발표되었을 때도 아무런 불평을 하지 않았다.

가을까지 동물들은 힘들기는 했으나 마음은 편했다. 그들은 고생스런 한 해를 보냈다. 건초와 옥수수 일부를 판 뒤라 겨울 식량의 재고가 넉넉하지 못했지만 풍차가 모든 것을 보상해주었다. 그것은 이제 거의 반이 완성되었다. 수확을 끝낸 뒤 연일 맑고 청명한 날씨가 계속되었고 동물들은 벽을 한 자라도 더 높일 수 있다면 하루 종일 돌이나 벽돌을 들고 왔다갔다할 만한 가치가 있다고 생각하면서 전보다 더욱 열심히 일했다.

복서는 밤에도 나와 가을 달빛을 받으면서 혼자서 한두 시간 동안 일을 하곤 했다. 여가 시간이 나면 동물들은 반쯤 끝낸 풍차 주위를 빙빙 돌면서 벽이 튼튼하게 우뚝 서 있는 모습에 경탄하며, 자기들이 이처럼 당당한 것을 건설할 수 있었다는 것에 경의를 표하곤 했다. 오직 벤자민 영감만이 당나귀들은 오래 산다는, 예의 애매한 말 외에는 아무 이야기도 하지 않으면서 풍차에 열의를 보여주지 않았다.

매서운 남서풍을 몰고 11월이 돌아왔다. 날씨가 너무 축축해서 시멘트를 섞을 수 없었기 때문에 건축을 중단해야 했다. 드디어 어느 날 밤, 강풍이 어찌나 매몰차게 불어젖히는지 농장 건물이 밑동째 흔들거렸고 헛간 지붕에서는 기왓장 여러 개가 날아가 버렸다. 암탉들은 멀리서 총 쏘는 듯한 소리를 꿈결에 듣고 모두가 일제히 공포에 싸여 잠을 깨고 말았다.

아침이 되어 동물들이 우리에서 나와 보니 게양대가 날려 넘어져 있었고 과수원 밑에 있는 느릅나무가 무처럼 뽑혀 있었다. 이 모습을 보았을 때, 모든 동물들의 목구멍에서 절망적인 부르짖음이 한꺼번에 터져 나왔다. 놀라운 광경이 그들 눈을 사로잡았다. 풍차가 무너져 버렸던 것이다.

그들은 한 덩어리가 되어 그곳으로 달려갔다. 거의 나와서 걸어다니지 않는 나폴레온도 그들 선두에서 뛰었다. 그렇다, 그들 모두의 투쟁의 결실이 송두리째 무너져 있었고 그처럼 애써서 깨고 운반해 왔던 돌들이 사방에 흩어져 있었다. 처음에는 아무 말도 하지 못하고 무너진 돌더미를 비통한 표정으로 바라보고만 서 있었다. 나폴레온은 말없이 왔다갔다 걸음을 옮기며 가끔 땅에 코를 대고 킁킁거렸다. 그의 꼬리는 뻣뻣해졌다가 이리저리 부르르 경련을 일으키며 심각한 정신 활동을 벌이고 있음을 알려 주고 있었다. 갑자기 그는 결심이라도 한 것처럼 걸음을 멈추었다.

「동무들.」

그는 조용히 계속해서 말했다.

「여러분들은 이렇게 된 것이 누구의 책임인지 알겠소? 밤중에 침입하여 우리 풍차를 무너뜨린 적을 여러분은 알겠소? 바로 스노볼이요!」

그의 음성은 갑자기 벼락치듯 끓어올랐다.

「스노볼이 이런 짓을 했단 말이오! 순전히 악독한 마음으로 우리 계획을 전복시키고 자기의 치욕적인 추방에 앙갚음하기 위해 이 반역자는 밤의 어둠을 틈타 이리 기어 들어와서는 거의 일 년에 걸친 우리들의 공사를 파괴해 버린 것이오. 동무들, 지금 이 자리에서 나는 스노볼에게 사형을 선고하오. 그를 법에 의하여 처단하는 동물에게는 그가 누구든 '제2급 동물영웅' 훈장을 수여하고 사과 반 붓셸을 상으로 줄 것이오. 산 채로 체포해 오는 자에게는 한 붓셸을 주겠소!」

스노볼까지 이런 짓으로 죄를 저지를 수 있다는 것을 알고 동물들은 말할 수 없는 충격을 받았다. 분노에 찬 고함이 터졌고 스노볼이 들어온다면 어떻게 잡을 것인가 궁리하기 시작했다. 이와 때를 같이 해서 언덕에서 조금 떨어진 풀밭에 돼지의 발자국이 발견되었다. 그 발자국은 몇 야드 앞의 울타리 구멍으로 통해 있었다. 나폴레온은 그 발자국에 코를 깊이 대고 킁킁거리더니 스노볼 것이라고 선언했다. 그는 스노볼이 폭스우드 농장 쪽으로부터 온 것 같다고 자신의 견해를 밝혔다.

「더 이상 지체 맙시다, 동무들!」

나폴레온이 그 발자국을 자세히 들여다보고 난 후에 외쳤다.

「할 일이 있소. 바로 오늘 아침부터 우리는 풍차 재건에 착수합시다. 비가 오나 햇빛이 들거나 온 겨울 내내 공사를 할 것입니다. 우리는 이 비열한 반역자에게 그가 우리 작업을 쉽사리 무너뜨릴 수 없다는 것을 가르쳐줍시다. 명심합시다, 동무들. 우리 계획에 변동이 있을 수 없다는 것을 명심하십시오. 완성되는 그날까지 추진되어야 할 것입니다. 전진합시다, 동무들! 풍차 만세! 동물농장 만세!」

제7장

혹한의 겨울이었다. 폭풍우가 불던 날씨가 진눈깨비를 흩뿌리더니 독한 서리가 내려 2월에 들어서도 좀처럼 풀리지 않았다. 동물들은 외부 세계가 자기들을 관찰하고 있을 뿐 아니라, 풍차가 예정된 시일 내에 끝나지 않는다면 질투심에 불탄 인간들이 기뻐 날뛰며 승리감에 도취될 것임을 너무나 잘 알고 있었기 때문에 풍차 재건에 전력을 다했다.

인간들은 악의를 품고서 풍차를 무너뜨린 자가 스노볼이라는 것을 믿으려 들지 않았다. 그들은 벽이 너무 약해서 쓰러졌다고 말했다. 동물들은 이 말이 사실과 다르다는 것을 알고 있었지만, 벽 두께를 전처럼 18인치가 아니라 3피트로 두텁게 쌓자고 결정했다. 그것은 그만큼 더 많은 양의 돌을 모아야 한다는 것을 의미했다. 채석장에는 오랫동안 눈이 쌓여 있어서 아무것도 할 수 없었다. 서리가 내린 건조한 날씨에 약간의 작업 진전이 이루어졌다. 하지만 그것은 너무나 가혹한 작업이었고 동물들은 전처럼 이 일에 그다지 희망을 가질 수 없었다.

그들은 언제나 추웠고 늘상 배가 고팠다. 오직 복서와 클로버만이 기운을 잃지 않았다. 스퀄러가 봉사의 즐거움과 노동의 존엄성에 대해 멋진 연설을 했지만, 다른 동물들은 복서의 힘과 「내가 좀더 일하지.」하는, 굽힐 줄 모르는 외침에서 더 큰 격려를 받았다.

1월에는 식량이 부족했다. 옥수수 배급량은 눈에 띄게 줄어들었고 그것을 보충해 주기 위해 감자를 배급해 주겠다는 발표가 있었다. 그러나 흙을 두껍게 덮어 주지 못한 탓으로 감자 수확량의 대부분이 움 속에서 얼어 버렸음이 드러났다. 감자가 흐물흐물해지고 변색되어 먹을 수 있는 것은 얼마 되지 않았다. 어떤 때는 며칠 동안 동물들이 먹은 것이라곤 왕겨와 근대밖에 없을 때도 있었다. 굶주림이 그들에게 정면으로 덤벼드는 것 같았다.

이런 사실을 외부 세계가 눈치채지 못하게 감추는 것이 절대로 필요해졌다. 풍차가 붕괴된 사실에 힘을 얻은 인간들이 동물농장에 대해 거짓말을 만들기 시작했던 것이다. 모든 동물들이 굶주림과 질병으로 죽어가고 있으며 끊임없이 자기들끼리 싸우고 서로 잡아먹고 혹은 새끼들을 죽인다는 소문이 다시 한번 떠돌았다.

나폴레옹은 식량 사정에 대한 진상이 알려지게 될 때 닥칠 나쁜 결과에 대해 잘 알고 있었다. 그래서 웜퍼 씨를 이용해서 그와 반대되는 인상을 만들어 퍼뜨리기로 결정했다. 이제까지 동물들은 매주 찾아오는 웜퍼와 거의 또는 전혀 접촉이 없었는데, 이제부터는 대부분 양들로 구성된 몇몇 선발된 동물들이 그가 듣는 앞에서 우연히 나온 것처럼 식량 배급이 늘었다고 말하라는 지시를 받았다. 게다가 나폴레온은 창고 속의 빈 궤짝을 모래로 가득 채우고 그 위를 남은 곡식과 밀로 덮으라는 명령을 내렸다. 그들은 적당한 핑계를 대고 웜퍼를 창고로 끌고 가 궤짝을 슬쩍 보게 만들었다. 그는 여기에 속아넘어가 동물농장에는 결코 식량이 부족하지 않다고 계속 세상에 알렸다.

이렇게 했음에도 불구하고 1월 말이 되었을 때는 어디서든 곡식을 좀더 조달하지 않으면 안 되었다. 그 즈음 나폴레온은 공개석상에 거의 나타나지 않았고, 사납게 보이는 개들이 문을 지키고 있는 농장집에서 하루 종일을 보냈다. 그가 나타날 때는 매우 의식적인 태도를 하고 있었으며, 누구든 가까이 다가오기만 하면 으르렁거리는 여섯 마리 개들의 호위를 받으며 거동했다. 그는 일요일 아침에도 거의 나타나지 않았다. 그러나 다른 돼지를 통해 명령을 전달했는데 그 전달 책임은 늘 스퀼러가 맡았다.

어느 일요일 아침, 스퀼러는 이제 막 다시 알을 낳기 시작한 암탉들에게 계란을 바쳐야 한다고 명령했다. 나폴레온은 웜퍼를 통해 매주 4백 개의 계란을 팔겠다는 계약을 맺었던 것이다. 그 계란의 판매 수입으로 여름이 와서 사정이 호전될 때까지 농장을 유지하기에 충분한 곡물과 식량을 사들일 수 있다는 계산이었다.

이 소식을 들은 암탉들은 엄청난 비명을 질러댔다. 그들은 일찍이 이 같은 희생이 필요하리라는 통고를 받기는 했지만 실제로 이런 일이 일어날 것이라는 생각은 꿈에도 하지 못했던 것이다. 그들은 봄에 병아리가 태어날 수 있도록 알을 한 배 품고 있었기 때문에 지금 계란을 가져간다는 것은 살육행위라고 항의했다.

존스가 추방된 후 처음으로 반란 비슷한 일이 일어났다. 블랙 미노르카종의 어린 암탉 세 마리의 지휘 아래 닭들은 나폴레온의 요구를 꺾기 위해서 단호한 의지를 보이기로 했다. 그들이 취한 방법은 서까래로 날아 올라가서 거기서 알을 낳고 바닥에 떨어뜨려 깨뜨리는 것이었다. 그러자 나폴레온은 신속하고도 무자비한 조치를 내렸다. 그는 암탉의 식량배급을 중지하도록 명령하고 어떤 동물이든 암탉에게 옥수수 한 알이라도 주면 사형에 처하겠노라고 공포했다. 개들은 이 명령들이 잘 지켜지도록 감시했다.

암탉들은 닷새 동안 버티다가 마침내 항복하고 둥우리 상자로 돌아왔다. 그 동안 아홉 마리의 암탉이 죽었다. 그들의 시체는 과수원에 매장되었고 사망 원인은 콕시듐증으로 발표되었다. 윔퍼는 이 사건에 대해 아무것도 듣지 못했으며, 계란은 채소 마차에 실려 일주일에 한 번씩 꼬박꼬박 넘겨졌다.

이러고 있는 동안에도 스노볼의 흔적은 전혀 나타나지 않았다. 폭스우드나 핀취필드의 어느 한 농장에 숨어 있다는 소문만 돌고 있었다. 이 즈음 나폴레옹은 다른 농장들과의 관계를 전과는 약간 다르게 개선시켰다.

동물농장의 마당에는 10년 전 너도밤나무 숲을 벌목할 때 쌓아 놓았던 재목더미가 있었는데 그 재목은 아주 잘 말라 있었기 때문에 윔퍼가 나폴레옹에게 팔라고 권했다. 필킹톤 씨와 프리데릭 씨 둘 다 그것을 사고 싶어했다. 나폴레옹은 둘 중 누구에게 팔지 결정을 내리지 못해 망설이고 있었다. 그가 프리데릭과 계약을 맺을까 생각할 즈음에는 스노볼이 폭스우드에 숨어 있다는 소식이 들려왔고, 그의 마음이 필킹톤 쪽으로 기울어지면 이번에는 스노볼이 핀취필드에 있다는 말들을 했다.

이른봄에 갑자기 놀라운 일이 일어났다. 스노볼이 밤 사이에 남몰래 농장을 들락거렸다는 것이다. 동물들은 너무나 심란해져서 도무지 잠을 이룰 수가 없었다. 그가 밤마다 어둠의 장막을 뚫고 기어 들어와 갖가지 못된 짓을 저질렀다는 이야기였다. 그는 옥수수를 훔치고 우유통을 뒤엎었으며 계란을 깨뜨리고 묘목들을 짓밟고 과일나무 껍질을 벗겨 버렸다는 것이었다.

이제 그들은 무엇이든 일이 여의치 않을 때는 모두 스노볼 탓으로 돌리게 되었다. 유리창이 깨지거나 수챗구멍이 막혀도 틀림없이 스노볼이 밤에 들어와 그 짓을 했다고 말했으며, 헛간 열쇠를 잃어버렸을 때도 스노볼이 그 열쇠를 우물에 던져 버렸다고 믿었다. 정말 묘하게도 잃었던 열쇠가 곡식부대 옆에서 발견되었을 때조차도 그들은 여전히 스노볼의 소행이라고 믿었다. 암소들은 너나 할것 없이 스노볼이 우리 속으로 기어 들어와 자기들이 잠자는 사이에 우유를 짜 갔다고 입을 모아 신고했다. 온 겨울 내내 두통거리였던 쥐들마저 스노볼과 결탁하고 있다는 이야기가 나돌았다.

나폴레온은 스노볼의 행동을 철저히 규명하라고 명령했다. 그가 시중드는 개들을 데리고 나타나 농장 건물들을 돌아다니며 치밀하게 조사하는 동안 다른 동물들은 멀찍이 떨어져 그를 뒤따르고 있었다. 나폴레온은 몇 발자국을 가다 걸음을 멈추고 스노볼의 발자취를 찾아 코를 땅에 대고 킁킁거렸는데 그는 냄새로 확인할 수 있다는 것이었다. 그는 창고, 외양간, 닭장, 채소밭 등 구석구석 냄새를 맡아 곳곳에서 스노볼의 흔적을 발견했다. 그는 긴 코를 땅에다 박고 몇 차례 깊은숨을 들이마시더니 무시무시한 목소리로 외쳤다.

「스노볼! 그놈이 여기 왔었어! 분명히 냄새가 나!」

그리고 '스노볼' 이란 말이 나올 때마다 개들은 모두 어금니를 드러내 보이며 소름끼치는 소리로 으르렁거렸다.

동물들은 온통 공포에 떨었다. 스노볼은 마치, 자기네들 주위의 공기 속으로 들어와 갖가지 위난으로 협박하는 일종의 보이지 않는 힘처럼 생각되었다.

저녁때 스퀼러는 그들 모두를 불러 모아놓고 경악스런 표정을 지으며 모종의 중대한 소식을 보고하겠다고 말했다.

「동무들!」

스퀼러는 약간 신경질적으로 펄쩍거리면서 외쳤다.

「무서운 일이 발견되었소. 스노볼이 우리를 침략하여 우리 농장을 빼앗으려는 핀취필드의 프리데릭에게 저 자신을 팔아 버렸소! 공격이 개시되면 스노볼이 프리데릭의 안내자 역할을 한다는 겁니다. 그러나 이건 아무것도 아니요. 스노볼의 배신은 그의 허영과 야심 때문이라고 우리는 생각해 왔소. 그러나 우리는 잘못 생각했었소. 동무들, 진짜 이유가 뭔지 여러분들은 알고 있소? 스노볼은 처음부터 존스와 짜고 있었습니다! 그는 늘 존스의 비밀 정보원이었소. 그가 도망갈 때 남겨 놓은 문서를 우리가 지금 막 발견했소. 그것이 모든 것을 증명해 주고 있는 거요. 나로서는 이것이 많은 것을 의미해 주고 있다고 생각하오, 동무들. 그가 소외양간 전투에서 어떻게 우리를 패배시키고 망하게 하려 했던지——다행히 실패했지만 말입니다만——우리 스스로가 보지 않았습니까?」

동물들은 망연자실했다. 이것은 스노볼이 풍차를 파괴했던 일을 훨씬 능가하는 악행이었다. 그러나 이것은 몇 분 후 그들이 그 사실에 대해 충분히 납득이 갈 만큼 설명을 들은 후에 지닌 생각이었다. 그들은 스노볼이 소외양간 전투에서 어떻게 선두에 나서서 싸웠던가, 어떻게 고비마다 그들을 규합하여 고무시켰던가, 존스 씨의 총알이 그의 등에 상처를 입혔을 순간에도 어떻게 지체없이 투쟁했던가를 모두 기억했거나 기억한다고 생각했다. 처음에는 이것이 그가 존스 편에 붙었다는 사실과 어떻게 맞아들어가는지 이해하기가 어려웠다. 거의 의심이라고는 모르던 복서조차 당황했다. 그는 앞발굽을 꿇고 앉아 눈을 감고서 안간힘을 쓰며 자기 생각을 정리해 보려 했다. 드디어 그가 입을 열었다.

「난 그걸 믿을 수 없는 걸요. 스노볼은 소외양간 전투에서 용감하게 싸웠소. 내 두 눈으로 똑똑히 보았소. 바로 그 직후에 우리 자신들이 '제1급 동물영웅' 훈장을 그에게 주지 않았던가요?」

「그게 우리 잘못이었소, 동무. 우리는 지금에 이르러서야 그가 실제로 우리를 파멸로 이르게 하려 했다는 것을 알게 된 것이요. 우리가 찾아 낸 비밀 문서에 그 모든 게 적혀 있소.」

「그렇지만 그는 부상당했었소. 그가 피를 흘리는 걸 우리 모두가 보았단 말이요.」

복서가 말했다.

「그게 미리 계획된 것이었단 말이오! 존스 씨의 총알은 그저 그를 슬쩍 스치기만 한 것이오. 당신들이 읽을 수만 있다면 그 자신이 쓴 이 문서를 보여드릴 수 있소……. 그 음모란 다름 아닌 위급한 순간에 스노볼이 도망가라는 신호를 해서 우리들을 적에게 넘겨주도록 하는 것이었소. 그리고 그는 거의 성공할 뻔했소. 내 감히 말하겠는데 우리 영웅적인 지도자 나폴레온 동무만 없었더라면, 동무들, 그는 성공했을 거요. 존스 씨와 그의 일꾼들이 마당으로 들어오던 바로 그 순간에 스노볼이 갑자기 돌아서 줄행랑을 쳤고 많은 동물들이 그 뒤를 따랐던 것을 여러분은 기억하지 않소? 그리고 또, 공포에 휩싸여

얼이 빠졌던 바로 그 순간에 나폴레온 동무가 '타도 인간!' 하고 외치며 뛰어나와 존스 씨의 다리를 이빨로 물었던 것을 여러분은 기억하지 않소? 여러분은 분명히 '그걸' 기억하죠, 동무들?」

스퀄러는 이리저리 뛰어다니며 부르짖었다.

스퀄러가 그 장면을 그토록 생생하게 묘사하자 동물들은 그것이 생각나는 것 같았다. 어찌되었든 가장 위급했던 전투 순간에 스노볼이 도망가려고 뒤로 돌아섰던 것을 그들은 기억했다. 그러나 복서는 여전히 약간 미심쩍어해하며 물었다.

「난 스노볼이 애당초부터 반역자였다고 믿어지지는 않소. 그가 나중에 한 일은 별개의 문제요. 그렇지만 난 소외양간 전투에서의 그는 훌륭한 동무였다고 믿소.」

「우리의 지도자 나폴레온 동무는…….」

스퀄러는 아주 천천히 그리고 확신 있는 어조로 선언했다.

「스노볼이 아주 처음부터, 그렇습니다, 봉기를 구상하기 훨씬 오래전부터 존스 씨의 정보원이었다는 것을 명백히, 동무들, 명백하게 언명하셨소.」

「아하, 그렇다면 다르죠! 나폴레온 동무가 그렇게 말했다면 그게 옳겠지요.」

하고 복서가 말했다.

「그게 올바른 생각이오, 동무!」

스퀄러가 외쳤다. 그러나 그 작고 반짝거리는 눈으로 복서에게 아주 험상궂은 눈짓을 던지고 있었다. 그는 돌아서서 가려다가 걸음을 멈추고 인상적으로 말을 덧붙였다.

「나는 이 농장 모든 동물들에게 눈을 크게 뜨고 있으라고 충고하고 싶습니다. 우리는 스노볼의 비밀 정보원 몇이 이 순간에도 우리 가운데 숨어 있다고 생각할 만한 증거를 갖고 있으니까요!」

그로부터 나흘 뒤 늦은 오후에 나폴레온은 모든 동물들에게 마당으로 집합하라고 명령했다. 그들이 모두 집합하자, 나폴레온이 두 개의 메달을 달고(그는 근자에 이르러 자신에게 '제1급 동물영웅' 및 '제2급 동물영웅' 훈장을 수여했다) 농장집에서 모습을 나타냈다. 그리고 아홉 마리의 덩치 큰 개들이 그의 둘레를 이리저리 뛰어다니며 모든 동물들의 등골이 오싹하도록 으르렁거렸다. 무언가 무시무시한 일이 벌어지리라는 것을 눈치챈 동물들은 겁에 질려 제자리에 조용히 웅크리고 앉아 있었다.

나폴레온은 우뚝 서서 청중들을 훑어보더니 높고 날카로운 소리를 질렀다. 그러자 즉시 개들이 앞으로 튀어나와 네 마리 돼지들의 귀를 물고는 고통과 공포에 젖어 비명을 올리는 그들을 나폴레온 앞으로 끌고갔다. 돼지들의 귀에서 피가 흐르고 있었다. 피맛을 본 개들은 한동안 미친 듯이 날뛰었다. 모두가 깜짝 놀란 것은 그 개들 중 세 마리가 복서에게 덤벼들었다는 것이다. 복서는 그들이 덤비는 것을 보자 커다란 앞발굽을 들어 공중으로 뛰어드는 개 한 마리를 잡아채어 땅바닥에 짓눌렀다. 그 개는 살려 달라고 째질 듯한 비명을 질렀고 다른 두 마리는 꼬리를 다리 사이로 끼고 도망쳤다. 복서는 이 개를 박살내어 죽여 버릴까 아니면 살려 둘까 고민하다가 나폴레온이 어떻게 생각하나 하고 그를 살펴보았다. 나폴레온은 표정을 바꾸더니 복서에게 개를 놔주라고 날카롭게 명령했고, 그에 따라 복서는 다리를 들었다. 개는 피를 흘리며 낑낑대면서 슬금슬금 사라져 버렸다.

이윽고 소란이 가라앉았다. 네 마리의 돼지는 부들부들 떨면서 기다리고 있었는데 그들의 표정 하나하나마다 유죄라고 씌어있는 듯했다. 나폴레온은 그들에게 자신들의 죄를 자백하라고 말했다. 그들은 나폴레온이 일요 회합을 폐지했을 때 항의했던, 바로 그 네 마리 돼지였다. 그들은 스노볼이 추방당한 이래 비밀리에 그와 접촉해 왔으며 그와 공모해서 풍차를 부수었고 동물농장을 프리데릭 씨에게 넘겨주기로 그와 협정을 맺었노라고 자백했다. 그들은 스노볼이 지난 몇 년 동안 존스의 비밀 정보원이었다는 것을 슬며시 인정했다.

그들이 자백을 마치자 개들이 잽싸게 그들의 목을 물어뜯었고 나폴레온은 무시무시한 목소리로 다른 동물들은 더 털어놓을 것이 없느냐고 다그쳤다.

그러자 계란 문제로 반란을 기도했던 세 마리 암탉이 나폴레온 앞으로 나와 스노볼이 꿈에 나타나 나폴레온의 명령에 복종하지 말라고 선동했다고 진술했다. 그들 역시 학살당했다. 그 다음 거위 한 마리가 나와 지난해 수확기에 옥수수 여섯 알을 숨겨 두었다가 밤에 먹어 버렸다고 자백했다. 그 다음 양 한 마리가 나와 마시는 우물에 오줌을 누었다고(스노볼이 이 짓을 선동했다고 그녀는 말했다) 자백했다.

그러자 다른 두 마리 양은 나폴레온의 충실한 추종자였던 늙은 염소 한 마리를, 그가 감기에 걸려 고생할 때 모닥불 주위를 빙빙 돌며 붙잡아 죽여 버렸다고 자백했다. 그들은 모두 즉석에서 살해되었다. 그리하여 자백과 처형이 계속되었다.

마침내 나폴레온의 발 앞에는 시체더미가 쌓였으며 공기는 피비린내에 젖어 묵직했다. 존스 씨가 추방된 이래 맡아보지 못했던 피비린내였다.

이 모두가 끝나자 나머지 동물들은 돼지와 개들만 남고 모두 한 덩이가 되어 슬슬 물러갔다. 몸이 떨렸다. 그들은 스노볼과 공모했던 동물들의 반역이 더 충격적인지, 방금 그들이 목격한 잔인한 처벌이 더 충격적인지 알지 못했다.

옛날에도 이에 못지 않게 무시무시한 유혈 장면들이 이따금 벌어졌지만 그들 모두에게는 자기들 사이에서 벌어진 이번 일이 훨씬 더 끔찍하게 여겨졌다. 존스 씨가 농장에서 쫓겨난 이래 오늘날까지 어떤 동물이든 간에 다른 동물의 생명을 빼앗은 적이 없었다. 쥐 한 마리도 죽인 적이 없었다.

그들은 반쯤 완성된 풍차가 서 있는 언덕으로 몰려갔다. 온기를 찾아 한데 모이듯 나폴레온이 동물들에게 집합하라고 명령하기 직전에 갑자기 사라진 고양이만 빼고 클로버, 뮤리엘, 벤자민, 암소들, 양들,

그리고 거위와 암탉들 모두가 함께 둘러앉았다. 한동안 아무도 말이 없었다. 오직 복서만이 서 있었다. 그는 가만히 있지 못하고 왔다갔다하며 기다란 검은 꼬리를 옆구리로 휘두르면서 가끔 놀랍다는 듯 낮은 한숨을 내쉬었다. 마침내 그가 말문을 열었다.

「난 이해가 안 가요. 이런 일이 우리 농장에서 벌어질 수 있으리라고는 상상도 못했단 말이오. 우리가 무언가 잘못했겠죠. 내가 생각하기에는, 해결책이란 열심히 일하는 것뿐이오. 이제부터 나는 아침에 한 시간 일찍 일어나겠소.」

그러더니 그는 뚜벅뚜벅 무겁고 빠른 걸음으로 채석장을 향했다. 그곳에 이르러 계속 두 차례분의 돌더미를 모으더니 밤이 되어 물러가기 전에 풍차 있는 쪽으로 끌고 내려왔다.

동물들은 말없이 클로버 주위에 몰려 앉았다. 그들이 앉아 있는 언덕에서는 그 마을을 넓게 바라볼 수 있었다. 동물농장의 대부분이——한길로 뻗친 기다란 목장이며 건초밭, 덤불, 마시는 우물, 어린 밀들이 초록빛으로 무성하게 자란 밭, 그리고 굴뚝에서 무럭무럭 연기가 오르는 농장 건물의 붉은 지붕들이 한눈에 들어왔다. 맑은 봄날 저녁이었다. 풀과 터진 울타리가 저녁 햇살을 받아 황금빛으로 빛나고 있었다. 이 농장이 동물들에게 그처럼 바람직한 곳으로 보인 적이 없었다. 그리고 그것이 그들 자신의 농장이며 한 뼘의 땅까지 모두가 자기네 소유라는 것을 생각하자 일종의 경이감 비슷한 것이 일었다.

언덕 아래를 내려다보던 클로버 눈에 눈물이 가득 괴었다. 그녀가 자기 생각을 말할 수 있었다면 수년 전 그들이 인간을 전복시키려고 일하기 시작했을 때 목표했던 것은 결코 이런 것이 아니었다고 말했을 것이다. 이 같은 공포와 학살 장면은 메이저 영감이 처음 그들에게 봉기하라고 선동하던 날 밤에는 전혀 생각지도 못한 일이었다. 그녀 나름으로 미래의 꿈을 갖고 있었다면 그것은 굶주림과 채찍질로부터 해방되고 모두가 평등하며 각자는 자기 능력에 따라 노동하고, 마치 메이저의 연설이 있던 날 밤 자기가 앞다리로 오리새끼들을 감싸 보호해 주었듯이 강자가 약자를 보호해 주는 그런 동물사회의 모습이었다. 그런데 이와는 반대로, 왜 그렇게 됐는지는 모르지만, 아무도 자기 속마음을 이야기하지 못하며, 사납게 으르렁거리는 개들이 사방으로 휩쓸고 다니고, 충격적인 범죄를 자백한 후 조각조각 찢겨 죽는 동무들의 참상을 목격해야 하는 그런 때가 온 것이다.

　그녀 마음속에는 반란이라든가 불복종이란 있을 수 없었다. 비록 사태가 이렇게 되었을망정 존스 시대보다는 지내기가 훨씬 좋아졌으며 다른 무엇보다 인간이 되돌아오는 것을 막을 필요가 있다는 점을 그녀는 실감하고 있었다. 어떤 일이 일어나든 그녀는 여전히 충성스럽게 열심히 일할 것이다. 그리고 자기에게 떨어진 명령을 수행하고 나폴레옹의 통치권을 받아들일 것이다. 그렇지만 그녀와 다른 모든 동물들이 소망하며 애써 온 것이 결코 이런 것을 위해서는 아니었다. 그들이 풍차를 건설한 것도 존스 씨의 총알과 맞서싸웠던 것도 진정 이런 것을 위해서가 아니었다. 말로 표현하지는 못했지만 그녀의 생각은 이러했다.

마침내 그녀는 말로 표현할 수 없는 대신 그 같은 감정을 달리 나타내려는 듯 〈영국의 동물들〉을 부르기 시작했다. 그녀 주위에 앉아 있던 동물들이 그 노래를 따라 불렀다. 그들은 훌륭한 가락으로, 그러나 슬픔에 젖어 전에 없이 느릿느릿하게 그 노래를 세 차례나 불러 댔다.

그들이 막 세 번째 노래를 끝냈을 때 스퀼러가 개 두 마리를 데리고 무언가 중요한 할 말이 있다는 표정으로 그들에게 다가왔다. 그는 나폴레온 동무의 특별 지시에 따라 〈영국의 동물들〉이 폐지되었다고 발표했다. 이제부터는 그 노래를 부를 수 없다는 것이었다.

동물들은 깜짝 놀랐다.

「왜 그러죠?」

뮤리엘이 물었다.

「그건 이제 더 필요가 없어요, 동무.」

스퀼러가 계속해서 말했다.

「〈영국의 동물들〉은 봉기의 노래입니다. 그러나 봉기는 이제 완성되었소. 오늘 오후에 있었던 반역자 처형이 그 마지막 행동이었소. 외부의 적과 내부의 적은 모두 패배했소. 〈영국의 동물들〉에서 우리는 다가올 미래에 이루어질 더 좋은 사회에 대한 동경을 표현했습니다. 그러나 이제는 그 사회가 건설되었으니 이 노래는 더 이상 아무런 목적이 없는 것이오.」

비록 그들은 두려웠지만 그 중 몇몇 동물들은 도저히 항의하지 않을 수 없는 모양이었다. 그러나 그 순간 양들이 예의 「네 다리는 좋고 두 다리는 나쁘다!」는 합창을 하기 시작했는데 그게 몇 분이나 계속되어 토론을 막아 버렸다.

그래서 〈영국의 동물들〉은 더 이상 들리지 않게 되었다. 그 대신 시를 쓰는 미니머스가 다른 노래를 작곡했는데 그 서두는 '동물농장 동물농장 그대 우리가 지켜 주리니!'로 시작되었다.

이 노래는 매주 일요일 아침, 기를 게양한 뒤 제창되었다. 그러나 동물들에게는 그 가사나 곡조가 아무래도 〈영국의 동물들〉과는 견줄 수 없는 것으로 느껴졌다.

제8장

　며칠이 지난 후 처형으로 일었던 공포가 가라앉았을 때, 몇몇 동물들은 제6계명 '어떤 동물도 다른 동물을 죽여서는 안 된다'를 기억했다──아니, 그들이 기억하고 있는 듯한 생각이 들었다. 돼지나 개들이 듣는 데서 그 말을 꺼내는 자는 아무도 없었으나 전에 발생했던 살해 사건들이 이 계명을 깨뜨린 것이라고 생각하였다. 클로버는 벤자민에게 제6계명을 읽어 달라고 부탁했다. 그러나 벤자민은 늘 그렇듯이 이런 일에 끼여들기를 거부했고, 그래서 그녀는 뮤리엘을 데리고 갔다. 뮤리엘은 그녀에게 그 계명을 읽어 주었다. 그것은 다음과 같았다.

　「어떤 동물도 '이유 없이' 다른 동물을 죽여서는 안 된다.」

　어떻게 된 일인지 '이유 없이'란 단어가 동물들의 기억에서 사라졌었던 것이다. 그러나 그들은 그 계명을 위반한 일이 없다는 것을 깨닫게 되었다. 왜냐하면 스노볼과 결탁했던 반역자들을 죽일 만한 정당한 이유가 분명히 있었기 때문이다.

그해 내내 동물들은 지난해 일했던 것보다 훨씬 더 열심히 일했다. 전에 시도했던 것보다 벽이 두 배나 두꺼운 풍차를 건설하는 데는, 더구나 정규적인 농장일을 하면서 그것을 예정된 날짜까지 마쳐야 하는 데는 엄청난 노동이 필요했다. 그들에겐 존스 시대보다 더 많은 시간을 일하면서도 먹는 것이라곤 조금도 나아진 것이 없는 것처럼 생각되는 시절이 온 것이다.

일요일 아침이면 스퀄러는 기다란 종이쪽지를 앞발로 들고 각종 식량 생산이 경우에 따라 2백 퍼센트, 3백 퍼센트 혹은 5백 퍼센트 증가했다는 것을 입증해 주는 통계표들을 그들에게 낭독해 주었다. 동물들은 봉기 전의 상태가 어떠했는지 정확히 기억할 수 없었기 때문에 스퀄러의 말을 믿지 않을 이유가 없었다. 그럼에도 불구하고 그들은, 숫자는 줄어들어도 좋으니 식량이나 많아졌으면 하고 바라는 날이 적지 않았다.

모든 명령들은 이제 스퀄러나 다른 돼지를 통해 발표되었다. 나폴레온 자신은 공개석상에 2주일에 한 번쯤 나타날까 말까였다. 그가 나타날 때는 수행원격인 개뿐만 아니라 검은 수평아리를 데리고 다녔다. 이 병아리는 나폴레온 앞에서 행진했고 그가 연설하기 전, 큰 소리로 「꼬꼬대 꼬꼬!」하고 외치며 일종의 나팔수 노릇을 했다. 농장집에서조차 나폴레온은 다른 동물들과 다른 방에서 거처한다는 이야기가 돌았다. 그는 두 마리 개가 옆에서 지키고 있는 가운데 혼자서 식사를 하며 응접실 유리 찬장에 있던 크라운 더비 제(製) 식기를 항상 사용한다는 것이다.

다른 두 기념일과 마찬가지로 매년 나폴레온의 생일에도 축포를 쏘라는 발표가 또 있었다.

나폴레온은 이제 그냥 나폴레온으로만 불리지 않았다. 그는 언제나 공식적으로 '우리의 지도자 나폴레온 동무' 라고 불리어졌다. 돼지들은 그에게 '모든 동물들의 아버지' 니 '인류의 공포', '양떼들의 보호자', '우리들의 친구' 등과 같은 명칭을 만들어 붙이기를 좋아했다. 스퀄러는 다음과 같은 대목에 이르러서는, 즉 나폴레온의 지혜, 그의 따뜻한 마음씨, 그리고 모든 동물들, 특히 아직 다른 농장에서 노예처럼 살고 있는 불행한 동물들에 대해 품고 있는 그의 깊은 사랑에 관한 부분에 이르러서는 두 뺨에 눈물을 줄줄 흘리기까지 했다.

성공을 거둔 모든 실적이라든가 갖가지 행운들은 나폴레온의 공로로 돌려지는 게 보통이 되어 버렸다. 그래서 암탉 하나가 다른 암탉에게 다음과 같이 말하는 걸 흔히 들을 수 있었다. 「우리의 지도자 나폴레온 동무의 지도로 난 엿새 동안 알을 다섯 개 나았어.」 또는 두 마리 암소가 샘에서 시원스레 물을 마시며 「나폴레온 동무의 영도력에 감사해야지. 이 물이 이처럼 맛있으니 말이야!」라고 외치는 소리도 흔히 들을 수 있었다. 전반적인 농장 분위기는 미니머스가 작곡한

〈나폴레온 동무〉란 시에 잘 표현되어 있는데 그 시는 다음과 같았다.

아버지 없는 자위 친구여!
행복의 샘이여!
여물통의 주(主)여! 오 내 영혼은
그대 조용하고 위엄 있는 눈을
바라볼 때 불타오르나니
하늘의 태양처럼
나폴레온 동무여!

그대 모든 동물들이 사랑하는
그 모든 것을 주는 자여
하루 두 번 배불리고 깨끗한 밀짚을 베개로 베게 하니
크고 작은 모든 짐승들이
그들 우리 속에 평화스레 잠잔다
그대 모든 걸 돌봐주시니
나폴레온 동무여!

내 젖먹이 돼지를 낳으면
대두병이나 국수방망이만큼
커다랗게 자라기 전에

114

그대에게 충성스럽고
진실되어야 할 것을 배워야 하나니
그렇다, 그가 외쳐야 할 첫소리는
나폴레온 동무여!

나폴레온은 이 시가 마음에 들어서 7계명 맞은편 끝, 큰 헛간 벽에 써 놓도록 했다. 이 시 위에는 스퀼러가 흰 페인트로 그린 나폴레온의 초상화가 걸려 있었다.

이러는 동안 나폴레온은 윔퍼의 알선으로 프리데릭, 필킹톤과 복잡다단한 교섭을 벌이고 있었다. 목재더미는 아직 팔리지 않고 있었다. 두 사람 중 프리데릭이 목재를 사기 위해 더 열심이었지만 합당한 가격을 지불하려 들지 않았다. 그와 동시에 프리데릭과 그의 하인들이 동물농장에 침입하여 풍차를 부술 음모를 꾸미고 있다는 새로운 소문이 떠돌았다. 풍차 건물이 그들에게 분노와 질투를 일으켰던 것이다.

스노볼은 여전히 핀취필드 농장에서 숨어살고 있는 것으로 알려졌다. 한여름에 동물들은 암탉 세 마리가 앞으로 나와 스노볼의 선동으로 나폴레온을 살해할 음모에 가담했다고 자백하는 소리를 듣고 기절초풍했다. 그들은 곧 처형되었고 나폴레온의 안전을 위한 새로운 예방책이 취해졌다.

네 마리 개가 밤이면 그의 침대 귀퉁이를 지켰고, 나폴레온이 음식을 먹기 전에 핑크아이란 젊은 돼지가 미리 음식을 맛보았다. 혹시 독이 들어 있을지도 모른다고 생각했기 때문이다.

바로 그 즈음에 나폴레옹이 재목더미를 필킹톤 씨에게 팔기로 약속했다는 소문이 돌았다. 또한 나폴레옹은 동물농장과 폭스우드 농장에서 특정 생산품을 교환하자는 계약을 정식으로 체결하려 하고 있었다. 비록 윔퍼를 통해서만 이루어지기는 했지만 나폴레옹과 필킹톤 사이의 관계는 이제 거의 우호적으로 되었다. 동물들은 필킹톤을 인간이라는 이유로 불신했지만 그들이 두려워하고 미워하는 프리데릭보다는 단연 그를 택했다.

여름이 물러가고 풍차가 거의 완성될 즈음 반역자들의 공격이 임박해졌다는 소문이 더욱더 거세게 들려왔다. 프리데릭이 총으로 무장한 사람 20명을 이끌고 와 동물농장을 공격할 계획이며, 동물농장의 부동산 권리증서만 손에 넣는다면 아무런 문책도 받지 않도록 이미 군수와 경찰서를 매수했다는 이야기였다. 더욱이 프리데릭이 자기 동물들에게 자행한 가혹한 행위에 대한 이야기가 핀취필드 농장에서 새어나왔다. 그는 늙은 말을 채찍질로 죽였으며 암소를 굶겨 죽였고 개를 아궁이에 던져 살해했을 뿐 아니라 저녁이면 발톱에 면도날 조각을 붙인 수탉들을 싸움시키는 데 재미를 붙였다는 따위의 것이었다.

동물들은 자기와 같은 동물들에게 가해지는 이런 만행을 들을 때 전신의 피가 분노로 끓어올랐고, 때로는 일치단결하여 핀취필드 농장을 공격해 인간들을 몰아내고 동물들을 해방시키자고 아우성을 쳤다. 그러나 스퀄러는 경솔한 행동을 하지 말고 나폴레옹 동무의 전략을 믿으라고 그들에게 권했다.

그럼에도 불구하고 프리데릭에 대한 반감은 계속 고조되어 갔다. 어느 일요일 아침 나폴레옹은 헛간에 나타나 프리데릭에게 재목더미를 팔겠다고 생각한 적은 결코 한 번도 없었다고 해명했다. 그 따위 악당과 거래를 갖는다는 건 자기 체면을 손상시키는 짓으로 생각한다고 말했다. 봉기 소식을 퍼뜨리기 위해 여지껏 외부로 파견되어 오던 비둘기들은 폭스우드 농장에 가서는 안 된다는 명령이 내려졌다. 그리고 전의 '타도 인간' 이란 슬로건을 '타도 프리데릭' 으로 바꾸라는 명령이 있었다.

늦여름에 스노볼의 또 다른 음모가 드러났다. 밀밭에 잡초가 잔뜩 자란 것은 스노볼이 밤에 몰래 들어와 옥수수씨와 함께 잡초씨를 섞어 놓았기 때문이라고 판명되었다. 이 음모에 내통했던 수거위 한 마리가 스퀄러에게 자기 죄를 자백한 후 유독 식물인 벨라돈나를 먹고 자살했다.

동물들은 이제 스노볼이 '제1급 동물영웅' 훈장을 받은 사실이 없다는 것을 알게 되었다(많은 동물들은 지금까지 그렇게 믿어 왔다). 그것은 소외양간 전투 얼마 후에 스노볼 자신이 퍼뜨렸던 전설일 뿐이었다. 훈장을 받기는 고사하고 전투에서 비겁한 행동을 보였기 때문에 견책을 받았다는 것이다. 몇몇 동물들은 이 말을 듣고 다시 한

번 당황한 것이 분명했으나 스퀼러가 곧 그들의 기억이 잘못되었다고 곧 설득시켜 주었다.

가을이 되어 전심전력을 다한 막대한 노력 끝에(거의 비슷한 시기에 곡식도 거둬들여야 했기 때문이었다) 풍차가 완공되었다. 앞으로 기계를 설치해야 할 일만 남았다. 윔퍼가 기계 구입을 교섭하고 있는 중이었지만 건물 건축은 완성되었다. 갖가지 난관에 부딪혔음에도 불구하고, 경험도 없이 원시적인 도구를 사용하고 게다가 불운과 스노볼의 배신이 겹쳤음에도 굴하지 않고 이 작업을 예정된 바로 그날에 정확히 끝냈던 것이다.

동물들은 피로에 젖었지만 자랑스러움에 가득 차서 자기들이 만든 걸작품의 주위를 빙빙 돌았다. 그들 눈에는 그것이 처음 지었던 것보다 훨씬 아름답게 보였다.

더구나 그 벽은 먼저 시도했던 것보다 두 배나 두꺼웠다. 이제 폭약이 아닌 한 그 어떤 것도 벽을 무너뜨릴 수 없으리라! 그들은 얼마나 많은 수고를 했으며 어떻게 그 좌절들을 극복했는가. 하지만 풍차의 날개가 돌아 발전기가 가동되면 얼마나 큰 변화가 있을 것인가. 그들은 이 모든 것을 생각하자 피로가 말끔히 씻겼다. 그래서 그들은 풍차 주위를 빙빙 돌며 승리의 함성을 올렸다. 나폴레옹 자신도 개와 수탉을 데리고 완성된 공사를 시찰하기 위해 몸소 내려왔다. 그는 개인적으로 동물들의 노고인 이 풍차를 '나폴레옹 풍차'로 명명한다고 발표했다.

이틀 후 동물들은 창고에서 특별 회합이 있으니 모두 모이라는 지시를 받았다. 그들은 나폴레온이 재목더미를 프리데릭에게 매매하겠다고 발표하자 깜짝 놀라 어리벙벙해져 버렸다. 내일 프리데릭의 마차가 와서 재목을 실어 간다는 것이었다. 겉으로 필킹톤과 우의를 지키는 기간 동안 내내 나폴레온은 실제로 프리데릭과 비밀 협정을 벌이고 있었던 것이다.

폭스우드와의 모든 관계는 중단되었고 굴욕적인 메시지가 필킹톤에게 전달되었다. 비둘기들은 그들의 슬로건을 '타도 프리데릭' 에서 '타도 필킹톤' 으로 바꾸라는 명령을 받았다. 이와 동시에 나폴레온은 동물농장에 대한 공격이 임박했다는 풍문은 전혀 사실이 아니며 프리데릭이 자기 동물들에게 잔혹하다는 이야기도 상당히 과장된 것이라고 설득했다. 아마 이 모든 소문들은 스노볼과 그의 정보원들이 만들어 냈으리라는 것이다. 어쨌든 스노볼이 핀취필드 농장에 숨어 있지 않다는 사실이 그쯤 되어 밝혀졌다. 스노볼은 폭스우드에서, 전해지기로는 비교적 사치스럽게 살고 있는데 실제 지난 수년 동안 필킹톤의 심부름꾼으로 지내 왔다는 것이었다.

돼지들은 나폴레온의 교묘한 솜씨에 넋을 잃고 기뻐했다. 나폴레온은 필킹톤과 친한 척해 보이면서 가격을 10파운드 올려 프리데릭에게 재목을 팔았던 것이다. 그러나 스퀼러의 말에 의하면, 나폴레온의 탁월한 성품은 그가 아무도, 프리데릭조차 믿지 않는다는 사실에서 엿볼 수 있다는 것이었다.

프리데릭은 종이조각에다 지불을 약속한다고 끄적거린, 소위 수표라는 것으로 재목값을 지불하고 싶어했다. 그러나 나폴레온은 그에 비해 현명했다. 그는 재목을 실어 가기 전에 5파운드짜리 지폐로 지불해줄 것을 요구했다. 그래서 프리데릭은 이미 지불을 끝냈으며 그가 지불한 총액은 풍차의 기계를 구입하기에 족한 정도였다.

그 동안 재목은 신속히 실려 나갔다. 그 일이 모두 끝나자 프리데릭의 지폐를 동물들이 구경할 수 있도록 또 한 번의 특별 회합이 창고에서 열렸다. 나폴레온은 더없이 흐뭇한 듯 미소를 띠며 두 개의 훈장을 달고 연단 위의 밀짚 침대에 자리를 잡고 앉았다. 그 옆에는 농장집 부엌에서 가져온 도자기 접시 위에 지폐가 깨끗이 쌓여 있었다. 동물들은 열을 지어 천천히 그 옆을 지나며 실컷 구경했다. 복서는 코를 갖다 대고 킁킁거리며 지폐 냄새를 맡았기에 그의 숨결에 따라 엷고 흰 종이쪽이 살랑살랑 나풀거리고 있었다.

이로부터 사흘 후 무서운 소동이 벌어졌다. 윔퍼가 얼굴이 사색이 되어 자전거를 타고 사잇길을 달려와서는 자전거를 마당에 동댕이치고 곧장 농장집으로 뛰어들어갔다. 다음 순간 숨막힐 듯한 분노의 고함 소리가 나폴레온의 방에서 터져 나왔다. 여기에서 벌어진 일이 삽시간에 농장에 퍼졌다. 그 지폐가 위조지폐라니! 프리데릭이 공짜로 재목을 가져간 것이었다!

나폴레온은 즉시 동물들을 소집하여 무서운 목소리로 프리데릭에게 사형선고를 내렸다. 프리데릭이 체포되면 산 채로 끓는 물에 던져 죽이겠다고 말했다. 동시에 이런 배신행위 후에 올 최악의 사태를 예상해야 한다고 동물들에게 경고했다. 프리데릭과 그의 일꾼들이 언젠가는 장기전으로 보이는 공격을 해올지도 모를 일이었다.

농장으로 접근할 수 있는 곳곳에 보초를 세웠다. 그리고 비둘기들은 필킹톤과의 우호관계를 회복시키기를 희망하는 화해의 메시지를 가지고 폭스우드로 파견되었다.

바로 이튿날 아침 공격이 개시되었다. 동물들이 아침식사를 하고 있는데 파수꾼이 뛰어와 프리데릭과 그의 추종자들이 벌써 다섯 개의 빗장이 달린 문을 통과했다고 보고했다. 동물들은 아주 용감하게 출격하여 그들을 상대했으나 이번에는 소외양간 전투에서처럼 쉽사리 승리를 거두지 못했다.

적은 열다섯 명의 남자들로 반쯤이 총을 가지고 있었다. 이들은 동물들이 50야드 이내에 이르자 사격을 개시했다. 동물들은 무시무시한 폭음과 쏜살같은 총알을 감당해 낼 수 없었다. 그래서 나폴레온과 복서가 그들을 규합하려고 노력했음에도 불구하고 그들은 곧 패주했다. 그들 중 상당수가 벌써 부상을 당했다. 그들은 농장 건물로 피신하여 벽 틈이나 마디 구멍으로 조심스레 내다보았다. 풍차를 포함한 커다란 목장 전체가 적의 수중에 들어갔다.

한동안 나폴레온조차 어쩔 줄 모르는 표정이었다. 그는 빳빳한 꼬리를 꼬면서 말없이 왔다갔다했다. 무언가 생각에 잠긴 시선을 폭스우드 쪽으로 보냈다. 필킹톤과 그의 하인들이 도와준다면 그 전투를 승리로 이끌 것 같았다. 그 순간 어제 파견을 보냈던 네 마리의 비둘기들이 돌아왔다. 그 중 한 마리가 필킹톤에서 보낸 종이쪽지를 갖고 있었다. 거기에는 연필로 이렇게 적혀 있었다.

'그래 싸다.'

그러고 있는 동안 프리데릭과 그의 부하들은 풍차 근처에서 멈추었다. 동물들은 그들을 관찰하면서 낙심에 찬 탄식 소리를 내쉬었다. 그들 중 두 사람이 쇠지레와 큰 망치를 풀어놓았다. 풍차를 두드려 부술 참이었다.

나폴레온이 외쳤다.

「안 될걸! 우리가 저런 짓에 대비해서 벽을 두껍게 만들었단 말이야. 일주일이 걸려도 그걸 부술 수는 없어. 용기를 냅시다, 동무들!」

그러나 벤자민은 줄곧 사람들의 동작을 유심히 지켜보고 있었다. 망치와 쇠지레를 가진 두 사람이 풍차 밑둥 가까이에 구멍을 뚫고 있었다. 벤자민은 천천히, 거의 유쾌하다는 듯한 표정까지 보이며 그의 긴 콧등을 끄덕거리고 있었다.

이윽고 그가 말했다.

「그러리라고 생각했어. 저들이 무얼 하고 있는지 모르겠소? 조금 있으면 저들은 저 구멍에 폭약을 넣을 거요.」

동물들은 부들부들 떨면서 기다렸다. 이제 숨어 있는 건물로부터 뛰어나간다는 것은 불가능했다. 몇 분 후 사람들이 사방으로 뛰어가는 것이 보였다. 그리고 나서 고막이 째질 듯한 폭음이 들렸다. 비둘기들은 하늘로 훌쩍 날았고 나폴레온을 제외한 모든 동물들은 납작하게 배를 깔고 얼굴을 묻었다. 그들이 다시 일어났을 때는 까만 연기가 커다란 구름이 되어 풍차가 서 있던 자리에서 뭉게뭉게 일고 있었다. 연기는 미풍에 슬슬 흩어졌다.

풍차가 없어져 버렸다!

이 광경을 보자 동물들은 용기를 되찾았다. 그들이 좀전에 느꼈던 공포와 절망은 이 비열하고 치사한 행위에 대한 분노 앞에서 사라졌다. 힘찬 복수의 함성을 올리며 더 이상 명령을 기다릴 것 없이 그들은 한 몸이 되어 적을 향해 곧바로 돌진했다. 이번에는 우박처럼 쏟아지는 잔인한 총알을 염두에 두지도 않았다.

참혹하고 격렬한 전투였다. 사람들은 계속해서 총알을 쏘아댔으며, 동물들이 그들과 맞닿을 만큼 가까이 다가오자 몽둥이와 묵직한 구둣발로 차기 시작했다. 암소 한 마리와 양 세 마리, 거위 두 마리가 피살되었고, 거의 모두가 부상을 당했다. 뒤에서 전투를 지휘하고 있던 나폴레온조차 꼬리 끝이 총알에 맞아 잘려버렸다.

그러나 사람들이라고 해서 다치지 않을 수 없었다. 세 사람이 복서의 발굽에 얻어맞아 머리가 터졌고, 또 한 사람은 소뿔에 배를 받혔으며 또 한 명은 제씨와 불루벨에게 바지를 거의 다 찢겼다. 그리고 나폴레온의 호위병인 아홉 마리 개가 나폴레온의 지시에 따라 울타리 그늘로 돌아가서 갑자기 사람들의 측면을 돌격하며 사납게 짖어대자 그들은 공포에 사로잡혔다. 그들은 자기들이 포위될 위험이 있다는 것을 깨달았다. 프리데릭이 일꾼들에게 틈 있는 데로 도망치라고 소리쳤고 그 순간 비겁한 적들은 도망치기에 급급했다. 동물들은 들판 끝까지 그들을 추격하여 그들이 가시나무 울타리로 빠져나갈 때 몇 번씩 더 걷어찼다.

그들은 승리했다. 그러나 완전히 지쳐 있었고 피를 흘리고 있었다. 그들은 절뚝거리며 천천히 농장으로 되돌아오기 시작했다. 전사한 동무들의 시체가 풀밭에 늘어져 있는 광경을 보자, 몇몇은 눈물을 흘렸다. 그리고 잠시 동안 그들은 슬픈 침묵에 싸여 풍차가 서 있던 자리에 걸음을 멈추었다. 그렇다, 풍차는 사라져 버린 것이다. 그토록 힘들인 것이 거의 조그마한 흔적도 남기지 않고 사라져 버린 것이다! 기초마저 부분적으로 파괴되었다. 그걸 다시 지으려면 전번처럼 무너진 돌을 그대로 사용할 수도 없었다. 이번에는 돌마저 사라져 버린 것이다. 폭발하는 힘 때문에 돌들이 수백 야드나 멀리 날아가 버렸다. 그 자리는 풍차가 전혀 없었던 것처럼 말짱했다.

그들이 농장으로 되돌아오니 웬일인지 이 전투에 참가하지 않았던 스퀼러가 꼬리를 휘저으며 만족스러운 표정을 번득이고는 껑충껑충 뛰어왔다. 그러자 농장 건물 쪽에서 빵 하는 엄숙한 총소리가 들려왔다.

「저 총소리는 무엇 때문이오?」

복서가 물었다.

「우리의 승리를 축하하기 위해서요!」

스퀄러가 외쳤다.

「무슨 승리요?」

복서가 물었다. 그의 무릎에는 피가 흘렀다. 그는 편자 하나를 잃었고 발굽이 찢겼으며, 산탄알 열두 개가 그의 뒷다리에 박혀 있었다.

「무슨 승리라니, 동무? 우리는 적을 우리 땅에서——동물농장의 신성한 땅에서 몰아내지 않았소?」

「그렇지만 저들은 풍차를 부숴 버렸소. 우리가 이 년 동안이나 일해 온 걸 말이오!」

「그게 무슨 상관이오? 우린 또 다른 풍차를 세울 거요. 우리가 원한다면 우리는 여섯 개의 풍차라도 세울 거요. 당신은 우리가 이룩한 위업을 인정하지 않는군요. 적은 우리가 지금 서 있는 바로 이 땅을 점령했었소. 그런데 지금 우리는 나폴레옹 동무의 영도력 덕분에 한 치도 남김 없이 다시 찾았단 말이오!」

「그렇지만 그건 우리가 전에 소유했던 것을 다시 찾은 것뿐이오!」

복서가 말했다.

「그게 우리의 승리요.」

스퀄러가 말했다.

그들은 절뚝거리며 마당으로 들어섰다. 복서의 다리는 살갗 속에 박힌 산탄알 때문에 무척 쓰라렸다. 그는 풍차를 기초부터 다시 지어야 할 막중한 노동이 자기 앞에 놓여 있다는 것을 깨달았고, 그의 머리 속은 그 일을 위해 긴장하고 있었다. 비로소 그는 자기가 열한 살이나 되었으며 그 튼튼했던 근육도 전과는 많이 다르다는 것을 깨달았다.

그러나 동물들은 초록색 깃발이 펄럭이는 것을 보고 다시 총이 발포되는 소리를 들으며(그것은 모두 일곱 발이었다) 나폴레온이 그들의 행위를 치하해 주는 연설에 귀를 기울이자 위대한 승리를 거둔 것으로 생각되었다. 전투중에 목숨을 잃은 동물에게는 엄숙한 장례가 치러졌다. 복서와 클로버가 영구차로 사용된 마차를 끌었고, 나폴레온 자신은 행렬의 맨 앞에서 걸어갔다.

꼬박 이틀 동안 승리의 축하연이 벌어졌다. 노래를 부르고 연설을 하며 축포를 더 많이 터트리고 모든 동물에게는 사과 한 알씩, 조류에게는 각각 2온스의 옥수수를, 개들에게는 각각 비스킷 세 개씩을 특별히 선물했다. 이 전투는 '풍차 전투'라고 명해졌으며, 나폴레온은 '녹기(綠旗) 훈장'을 새로 만들어 그것을 자기 자신에게 수여했다. 모두가 희희낙락하는 바람에 불운했던 지폐사건은 잊혀지고 말았다.

이로부터 며칠 후 돼지들은 우연히 농장집 지하실에서 위스키 한 상자를 찾아냈다. 그 집이 처음 점거되었을 때 찾아내지 못했던 것이었다.

그날 밤 농장집에서 커다란 노랫소리가 들려왔는데 모두가 놀란 것은 그 노래들 중에 〈영국의 동물들〉도 섞여 있었던 것이다. 아홉

시 반쯤 되어 나폴레옹이 존스 씨의 낡아빠진 중절모자를 쓰고 뒷문으로부터 나타났다가 황급히 마당을 마구 내달린 후 다시 문 안으로 자취를 감추는 것이 눈에 명확히 띄었다.

아침에는 무거운 침묵이 농장집을 둘러쌌다. 돼지 한 마리 얼씬하지 않았다. 거의 아홉시가 되어서야 스퀼러가 모습을 보였다. 그는 서서히 힘없는 걸음을 옮겼는데, 눈은 멍청하고 꼬리는 밑으로 축 늘어진 것이 온통 중병에 걸린 모습이었다. 그는 동물들을 소집하고는 엄청난 뉴스를 전하겠다고 말했다. 나폴레옹 동무가 죽어 가고 있다는 것이었다.

비탄의 소리가 터져 나왔다. 농장집 문 밖에 짚을 깔아놓고 동물들은 발끝으로 걸어다녔다. 그들은 눈에 눈물을 가득 머금고 수령이 그들로부터 떠난다면 자기들은 어떻게 될 건가 서로 물으며 걱정했다. 스노볼이 갖은 짓을 다하여 나폴레옹의 음식에 독약을 넣도록 꾸몄다는 소문이 떠돌았다.

열한시가 되자 스퀼러가 또다시 발표하러 나왔다. 나폴레옹 동무가 이 세상에서의 마지막 조처로, 술을 마시는 자는 사형에 처한다는 엄격한 포고를 내렸다는 것이다.

저녁때가 되자 나폴레옹은 좀 나아진 것처럼 보였으며, 이튿날 아침에는 스퀼러가 동물들에게 나폴레옹이 계속 회복되고 있는 중이라고 전했다.

그날 저녁 나폴레옹은 다시 집무를 시작했다. 그 다음날에는 윔퍼에게 윌링톤에서 양조와 증류에 관한 책자를 몇 권 구입해 오라고 지시했다는 것이 알려졌다.

일주일이 지난 후 나폴레온은 과수원 너머의 작은 목장을 갈라고 명령했다. 그 땅은 전에 정년 퇴직할 동물들을 위해 목초 밭으로 따로 떼어놓은 곳이었다. 이 목장에는 풀이 다 없어져서 새로 씨를 뿌려야 했다. 그러나 오래잖아 나폴레온이 그곳에 보리를 심으려 한다는 것이 알려졌다.

그런데 이 즈음 거의 누구에게도 납득이 되지 않는 이상한 사건이 일어났다.

어느 날 밤 열두시쯤 되어 마당에서 커다란 소리가 터져나와 동물들은 우리 밖으로 뛰쳐나와 보았다. 휘황찬란한 달밤이었다. 7계명이 씌어진 큰 헛간 끝의 벽 밑에 사다리가 두 토막으로 부러져 있었다. 스퀼러가 잠시 기절하여 그 밑에 깔려 있었고 그 바로 옆에는 등잔과 페인트붓, 쏟아진 흰 페인트통이 나뒹굴고 있었다. 개들이 곧 스퀼러 주위를 둘러싸고 그가 걸을 수 있게 되자 그를 호위하여 농장집으로 데리고 갔다.

동물 중 어느 누구도 대체 무슨 일인지 갈피를 잡지 못했다. 오직 벤자민만이 알겠다는 표정으로 콧등을 끄덕끄덕하며 이해하고 있는 것처럼 보였으나 아무 이야기도 하려 들지는 않았다.

그러나 이로부터 며칠 후 뮤리엘이 혼자서 7계명을 읽던 중에 동물들이 잘못 기억한 구절이 또 하나 있다는 것을 깨달았다. 그들은 제5

계명이 '어떤 동물도 술을 마셔서는 안 된다'라고 생각해 왔었는데, 거기에는 그들이 잊고 있던 단어가 더 있었다. 실제로 그 계명은 다음과 같았다.

'어떤 동물도 너무 많이 술을 마셔서는 안 된다.'

제9장

 복서의 찢어진 발굽이 낫는 데는 많은 시간이 소요되었다. 동물들은 승리 축하연이 끝난 다음날 풍차 재건에 착수했다. 복서는 하루라도 쉬는 것을 사양했다. 그리고 자기가 고통스러워하는 꼴을 보이지 않는 것을 명예로 생각하고 있었다. 그러나 저녁때 그는 클로버에게 발굽 때문에 자기가 상당히 고통을 당하고 있다고 자인하곤 했다. 클로버는 자기가 씹어서 만든 약초로 복서의 발굽을 치료해주었으며, 그녀와 벤자민은 복서에게 너무 많이 일하지 말라고 권했다.

 「말의 허파라 해서 영원히 일을 계속할 수 있는 건 아니오.」
하고 그녀는 말했다. 그러나 복서는 귀담아들으려 하지 않았다. 그는 자기에게 남은 단 하나의 참된 야심은 바로 퇴직 정년에 이르기 전에 풍차가 잘 움직이는 모습을 보는 것이라고 말했다.

동물농장의 제반 법률이 처음 제정되던 초기에는 퇴직 연령이 말과 돼지는 열두 살, 소는 열네 살, 개는 아홉 살, 양은 일곱 살, 닭과 오리는 다섯 살로 결정되었었다. 양로연금(養老年金)도 후하게 책정되었다.

하지만 이때껏 어떤 동물도 퇴직하여 연금을 받아 본 적이 없었고 최근 들어서는 이 문제가 더욱더 자주 논의되어 왔다. 과수원 너머의 작은 들이 보리밭으로 할당되었기 때문에 큰 목장의 한 구석에 울타리를 쳐서 노후의 동물들을 위한 목초지를 만들 것이란 소문이 돌았다. 말의 경우 연금은 하루에 옥수수 5파운드, 겨울에는 건초 15파운드, 그리고 공휴일에는 홍당무 또는 가능하다면 사과 한 알을 줄 것이라는 이야기였다. 복서의 열두 해째 생일은 이듬해 늦여름이 될 것이었다.

그 동안의 생활은 고생스럽기만 했다. 겨울은 지난해만큼 추웠고 식량은 더 부족했다. 돼지와 개의 식량을 제외하고는 모든 동물들의 식량 배급량이 또다시 줄어들었다. 식량 배급에 있어 너무 엄격한 평등은 동물주의의 원칙에 반대된다는 게 스퀼러의 설명이었다. 어떤 경우에 처하든 외관상으로는 어떻게 보일지 몰라도 실제로는 식량이 부족하지 않다는 것을 그가 동물들에게 입증하는 데는 어려움이 없었다.

얼마 동안은 분명히 배급량을 재조정(스퀼러는 그것을 언제나 '재조정'이라고 말했지, 결코 '감소'라고 하지 않았다)할 필요가 발견되었지만, 그러나 존스 시대에 비해 개선된 정도는 엄청나다는 것이었다. 째지듯 급한 목소리로 숫자들을 읽어 가며 그는 그들이 존스 시절에 받던 양보다 더 많은 귀리, 더 많은 건초, 더 많은 순무를 받게 되었으며 작업시간은 더 짧아졌고 마시는 물의 질은 더 좋아졌을 뿐만 아니라 수명이 길어지고 유아 생존비율이 더 많아졌으며 우리에는 짚이 더 많아지고 벼룩에게 시달리는 고통은 줄었다는 것을 그들에게 상세히 증명해 주었다. 동물들은 그 말을 낱낱이 믿었다.

그러나 사실대로 말하자면, 존스와 존스가 대표하는 그 모든 것들이 기의 다 기억에서 사라져 버렸다. 그들은 이제 삶이란 가혹하고 고달픈 것이며, 자기들은 자주 굶고 추위에 떨며, 잠자리에 들지 않으면 늘 일해야 하는 것으로 알고 있었다. 그러나 의심할 여지없이 옛날 사정은 지금보다 더 나빴다. 그들은 그렇게 믿는 게 편했다. 게다가 그때의 그들은 노예에 불과했지만 이제는 자유로운 몸이었다. 스퀼러가 늘 지적했듯이 바로 그것이 근본적인 차이라는 것이다.

이제는 먹여야 할 식솔도 훨씬 많아졌다. 가을에 네 마리 암퇘지가 거의 동시에 모두 해산을 해서 서른 한 마리의 새끼를 낳았다. 새끼 돼지들은 흑백 얼룩이었다. 농장에서는 나폴레온이 유일한 수퇘지였기 때문에 아비가 누구인지 추측하기란 그리 어렵지 않았다. 뒤에, 벽돌과 재목을 이미 구입했으며, 농장집 정원에 교실을 세울 것이라는 발표가 있었다.

한동안은 나폴레온 자신이 농장집 부엌에서 새끼 돼지들을 교육시

컸다. 그들은 정원에서 운동을 했고 다른 새끼 동물들과 어울려 놀지 못하도록 했다. 또한 이 즈음에는 규칙이 제정되었는데, 길에서 돼지와 마주치면 다른 동물들이 길을 비켜야 한다는 것과 모든 돼지는 계급의 고하를 막론하고 일요일에는 꼬리에 녹색 리본을 매는 특권을 누릴 수 있다는 규칙이었다.

올해의 농장 수확은 아주 성공적이었지만 여전히 현금이 모자랐다. 교실을 지을 때 벽돌, 모래, 석회를 사들여야 했고, 풍차기계를 구입하기 위해 저축을 시작할 필요도 있었다. 그리고 농장집에서 쓸 등잔 기름과 초, 나폴레옹의 식탁에 놓을 설탕(그는 설탕을 먹으면 살이 찐다는 이유로 다른 돼지에게는 금했다)이 있어야 했다. 연장, 못, 끈, 석탄, 철사, 쇳조각과 같은 모든 일용품들을 다시 장만해야 했고, 개가 먹을 비스킷도 필요했다. 그래서 건초 한 더미와 수확한 감자 일부를 팔았고 계란의 판매계약도 일주일에 6백 개로 늘어났기 때문에 이 해에는 암탉이 지난해와 겨우 같은 수를 유지할 정도로만 병아리를 깠다.

12월에 줄어들었던 식량 배급량은 2월에 또다시 줄어들었다. 기름을 아끼기 위해 우리 속의 등잔에 불을 켜는 것도 금지되었다. 그러나 돼지들은 아주 안락하게 보일 뿐만 아니라 체중도 점점 늘고 있었다.

2월 하순의 어느 날 오후, 동물들은 부엌 뒤에 서 있는, 존스 시절에는 사용되지 않던 작은 양조장에서 마당을 건너 풍겨오는 구수하고 달콤한, 식욕을 돋우는 냄새를 맡았다. 누군가가 이건 보리를 삶는 냄새라고 말했다. 동물들은 굶주린 듯 쿵쿵대며 그 냄새를 맡고는 그 구수한 여물이 저녁 식사로 나올 것인지 궁금해했다.

그러나 그 구수한 여물은 나타나지 않았고 그 다음 일요일에, 이제부터는 돼지들에게만 보리를 쭈욱 먹게 될 것이라는 발표가 있었다. 과수원 너머 들판에는 벌써 보리를 뿌렸다. 그런 후 곧 돼지들은 각자 하루 세 홉의 맥주를 배급받았으며, 나폴레온은 반 갈론을 할당받아 크라운 더비 제 수프 그릇에 항상 담겨 있다는 소식이 새어 돌았다.

그러나 감내해야 할 고생이 있다고 해도 그것은 요즘의 생활 이전보다 훨씬 나은 품위를 지니고 있다는 사실로 부분적으로나마 보상되었다. 노래도 더 자주 불렀고 연설도 많이 했으며 행진도 더 많았다. 동물농장의 투쟁과 승리를 축하하기 위해 자진 시위라는 것을 일주일에 한 번씩 열어야 한다고 나폴레온이 지시했던 것이다. 지정된 시간이 되면 동물들은 일손을 놓고 돼지들을 선두로 말, 소, 양 그리고 가금의 순서대로 군대 행군대열을 지어 농장 경내를 빙빙 행군하곤 했다. 개들은 행군 대열의 측면에 섰고 전 대열의 맨 앞에는 나폴레온이 거느리는 검은 수평아리가 행진했다.

클로버는 언제나 그 사이에 서서 말굽과 뿔이 그려져 있고 '나폴레온 만세!' 라는 슬로건이 적혀 있는 푸른 기를 들고 있었다. 그런 후에는 나폴레온의 영광을 찬양하는 시들이 낭독되고, 최근의 식량 생산

증가를 세세히 설명하는 스퀼러의 연설이 벌어지곤 했다. 그리고 때로는 총으로 예포를 쏘기도 했다.

양들은 자진시위를 지지하는 가장 심한 열성파들로서, 누구든 불평하며(가끔 몇몇 동물들은 돼지나 개가 가까이 있지 않을 때 불평하곤 했다) 공연히 추위에 떨며 시간 낭비한다고 말하면, 어김없이 커다란 소리로 「네 다리는 좋고 두 다리는 나쁘다!」고 외치면서 불평의 소리를 잠잠하게 했다.

그러나 대체적으로 동물들은 이 축하회들을 좋아했다. 그들은 이 행사를 통해 자기들이 어떻든 진정한 주인들이며, 자기들이 하는 작업의 혜택이 자기들에게 돌아오리라는 것을 상기하고는 즐거워했다. 그리하여 노래, 행군, 스퀼러의 숫자 나열, 우렁찬 총소리, 수탉의 꼬꼬댁거리는 소리, 펄럭이는 깃발들로 해서 그들은 적어도 이 시간만은 자기네 뱃속이 비었다는 사실을 잊을 수 있었다.

4월에 동물농장은 공화국으로 선포되었다. 그래서 대통령을 선출하게 되었다. 후보자는 나폴레온 혼자였고 만장일치로 선출되었다.

그리고 바로 그날 스노볼이 존스 씨와 공모한 사실을 보다 상세히 밝혀 주는 새로운 문서가 발견되었음이 알려졌다. 그 내용은, 동물들이 전에 생각했던 것처럼 스노볼이 단순히 계략적으로 소외양간 전투에 패배하도록 기도했던 것이 아니라 노골적으로 존스 씨 편에 서서 싸웠다는 것이 드러났다. 실제 그는 인간군(人間軍)의 지휘자였고 그 입술로 「인간 만세!」를 외치며 전투에 뛰어들었다는 것이다.

여러 동물들이 목격했던 것으로 아직 기억하고 있는, 스노볼의 등에 입은 부상은 나폴레옹이 이빨로 물어뜯어 입힌 상처였다.

몇 년 동안 눈에 띄지 않았던 갈가마귀 모제스가 갑자기 농장에 나타났다. 그는 조금도 변하지 않았다. 일은 여전히 안 하면서 슈가캔디 산에 대해 전과 똑같은 말투로 지껄였다. 그는 나무 그루터기에 앉아 검은 날개를 퍼덕이며 자기 말에 귀기울이는 동물들에게 시간 가는 줄 모르고 수다를 떨고 있었다.

「저 위에는, 동무들.」

하고 그는 커다란 부리로 하늘을 가리키며 숙연하게 말했다.

「저기 보이는 어두운 구름 너머 저 위에는 슈가캔디 산이라는, 우리 불쌍한 동물들이 노동에서 해방되어 영원히 안식할 행복의 나라가 있습니다!」

그는 하늘을 높이 날다 그곳에 한 번 갔었는데 끝없이 넓은 토끼풀과 아마인 깻묵, 그리고 생울타리 위에서 자라고 있는 각설탕을 보았다고 주장했다. 많은 동물들이 그의 말을 믿었다. 그들의 삶은 이제 굶주리고 고달프다는 것을 깨달았다.

더 좋은 세상이 그 어딘가에 있을 것이라는 생각이 잘못된 것이며 옳지 않은 일인가? 모제스에 대한 돼지들의 태도로 보아 이것을 판단하기란 어려웠다. 그들은 모두 슈가캔디 산에 관한 그의 이야기가 허무맹랑한 것이라고 경멸했지만, 그가 농장에 그대로 눌러 있게 내버려둘 뿐만 아니라 일을 하지 않는데도 하루에 약 한 홉의 맥주를 그의 몫으로 내주었다.

발굽이 아문 뒤 복서는 전보다 더 열심히 일했다. 사실 모든 동물들은 그 해 노예처럼 일했다. 고정된 농장일이나 풍차 재건 작업 외에도 3월부터 시작된 새끼 돼지들의 교실 건축 작업이 있었다. 충분히 먹지도 못하면서 여러 시간 동안 일한다는 것이 때로는 견디기 어려웠지만 복서는 조금도 굽힘이 없었다. 그의 말이나 행동으로 보아 그의 힘이 전과 같지 못하다는 징조는 조금도 보이지 않았다. 약간 변한 것이라곤 외모뿐이었다. 그의 피부는 옛날만큼 윤기가 돌지 않았으며 커다랗던 궁둥이가 약간 작아진 것처럼 보였다. 다른 동물들이 「복서는 봄에 햇풀이 자라면 좋아질 거야.」라고 말했지만 봄이 와도 복서는 살이 찌지 않았다. 가끔 채석장 꼭대기를 향해 경사진 곳을 끌고 올라가면서 커다란 돌 무게를 근육으로 버티고 서 있을 때 그의 다리에는 끈질긴 의지력밖에 없는 것 같았다. 이런 곤경에 처할 때면 그의 입술이 「내가 좀더 일하지.」란 말을 내뱉는 것처럼 보였다. 하지만 그는 그것을 소리내어 말하지는 않았다.

클로버와 벤자민은 다시 한번 그에게 건강을 조심하라고 권했지만 복서는 조금도 주의하지 않았다. 그의 열두 번째 생일이 다가왔다. 그는 연금을 받게 되기 전에 돌덩이가 충분히 쌓이기만 한다면 어떠한 일이 벌어져도 상관하지 않았다.

그 여름 어느 날 저녁 늦게 복서에게 무슨 일이 생겼다는 소문이 농장에 돌았다. 그는 혼자서 돌짐을 끌고 풍차 쪽으로 내려갔던 것이다. 과연 그 소문은 사실이었다. 몇 분 후 비둘기 두 마리가 급히 날아와 재잘거렸다.

「복서가 넘어졌어요! 옆으로 쓰러져 일어나지 못해요!」

농장 동물들의 거의 반이 풍차가 서 있는 언덕으로 뛰어나갔다. 복서는 마차의 채 사이에 끼어 머리를 들지도 못하고 목을 뻗은 채 누워 있었다. 그의 눈은 흐릿했고 옆구리는 땀에 젖어 있었다. 가느다란 핏줄기가 입에서 뚝뚝 떨어졌다. 클로버가 그의 옆에 무릎을 꿇고 앉았다.

「복서! 어때요?」

클로버가 말했다.

「폐를 다쳤소. 그러나 그건 대수롭지 않아요. 내가 없어도 당신들이 풍차를 끝낼 수 있으리라 생각되오. 쌓아 놓은 돌이 꽤 많으니까 어떻든 나는 이제 한 달밖에 남지 않았소. 솔직히 말하면 나는 퇴직을 기다려 왔다오. 그리고 벤자민 역시 늙어서 그도 나와 같은 때 은퇴하는 동료가 될 거요.」

복서가 힘없는 목소리로 말했다.

「곧 손을 써야겠어요. 누구든 달려가서 스킬러에게 이 사건을 얘기해 줘요.」

클로버가 말했다.

이 말을 듣자 다른 동물들은 곧 스킬러에게 이 소식을 전하기 위해 농장집을 향해 되돌아 뛰어갔다. 오직 클로버와 벤자민만이 남았다.

벤자민은 복서 옆에 앉아 말없이 그 긴 꼬리로 파리를 쫓아 주었다.

15분쯤 지나자 스퀼러가 동정과 걱정에 가득 차서 나타났다. 그는 농장에서 가장 충실한 일꾼에게 일어난 이 불행한 사고를 나폴레온 동무도 심히 유감스런 심정으로 받아들였으며 윌링톤의 병원에 복서를 보내 치료받도록 벌써 조처를 취하고 있는 중이라고 말했다.

동물들은 이 말에 약간 불안을 느꼈다. 몰리와 스노볼 빼고는 어떤 동물도 농장을 떠난 적이 없었는데 그들은 병든 친구를 인간의 손에 맡긴다는 것이 그리 좋은 것 같지 않았다. 그러나 스퀼러는 윌링톤의 가축병원 의사가 농장에서 하는 것보다 훨씬 더 만족스럽게 복서의 병을 치료할 수 있다고 그들을 납득시켰다.

그리고 반시간 후 복서는 약간 원기가 돌자 간신히 발을 딛고 일어나 클로버와 벤자민이 그를 위해 훌륭한 밀짚 침대를 마련해 놓은 그의 우리로 절뚝거리며 겨우 돌아갔다.

다음 이틀 동안 복서는 우리 속에 누워 있었다. 돼지들은 목욕탕 약장 속에서 찾아 낸 커다란 분홍색 약 한 병을 보냈으며 클로버가 하루에 두 번씩 식사 후에 그 약을 복서에게 먹였다. 저녁때마다 그녀는 그의 우리로 건너와서 그와 이야기를 했고, 그러는 동안 벤자민은 줄곧 파리를 쫓아 주었다.

복서는 이일을 슬퍼하지 않는다고 말했다. 그가 회복된다면 앞으로 3년은 더 살 수 있을 것이고, 그는 큰 목장 구석에서 지낼 평화스런 날들을 기다리고 있었다. 그는 처음으로 사색에 잠기며 마음을 수

양할 여가를 가질 것이다. 그는 여생을 알파벳의 나머지 스물두 글자를 배우는 데에 바칠 생각이라고 말했다.

벤자민과 클로버는 작업시간이 끝나고 나서야 복서와 같이 있을 수 있었다. 그런데 대낮에 큰 마차가 복서를 실으러 왔다. 그때 동물들은 모두 돼지의 감독 아래 잡초 뽑는 작업을 하고 있었다.

그런데 갑자기 벤자민이 농장 건물 쪽에서 뛰어오며 한껏 고함을 지르고 있는 것을 보고는 모두들 깜짝 놀랐다. 지금까지 벤자민이 흥분하는 모습을 본 적이 한 번도 없기 때문이다. 그가 뛰고 있는 꼴을 본 것도 처음이었다.

「빨리, 빨리!」

그가 소리를 질렀다.

「빨리 와요! 복서를 데려가고 있소!」

돼지의 명령을 기다릴 것도 없이 동물들은 일을 내동댕이치고 농장 건물로 뛰어 돌아갔다. 아니나다를까, 마당에는 두 마리 말이 끄는 포장 덮은 큰 마차가 서 있었고, 포장 벽에는 무슨 글씨가 씌어 있었으며, 마부석에는 나지막한 중절모자를 쓴 교활하게 생긴 남자 하나가 앉아 있었다. 그리고 복서의 우리는 텅 비어 있었다.

동물들이 마차 주위에 모여들었다.

「잘 가요, 복서!」

그들은 소리를 합쳐 다시 한번 외쳤다.

「잘 가요!」

「바보! 바보 같으니라고!」

갑자기 벤자민은 고함을 지르며 무리들을 휘돌아보고는 그 작은 발굽으로 땅바닥을 동동 굴렸다.

「바보들아! 저 마차 옆에 뭐라고 적혀 있는지 몰라!」

이 말을 듣자 동물들은 잠잠해졌다. 뮤리엘이 글자들을 읽어 나가기 시작했다. 그러나 벤자민이 그녀를 밀어붙이고 죽은 듯한 침묵 속에서 그것을 읽었다.

「'알프렛 시몬즈, 말 도살 및 아교 제조업, 월링톤, 수피(獸皮)와 골분(骨紛) 매매. 개집 공급' 저게 무슨 말인지 아느냐구요? 저들이 복서를 말 백정에게 넘겨주는 거란 말이오!」

모든 동물들의 입에서 공포의 외침이 터져 나왔다. 이 순간 마부석에 앉은 사내가 말에 채찍질을 하자 마차는 빠른 속력으로 마당에서 움직였다. 모든 동물들이 뒤따르며 한껏 큰소리로 외쳤다.

클로버가 앞으로 헤치고 나갔으나 마차는 속력을 내기 시작했다.

클로버는 힘차게 다리를 놀려 잰걸음에서 뛰는 걸음으로 달리기 시작했다.

「복서!」

그녀가 다시 외쳤다.

「복서! 복서! 복서!」

그러자 바로 그 순간 밖에서의 소동을 들은 것처럼 콧잔등에 흰 줄을 한 복서의 얼굴이 마차 뒷문의 작은 창에 나타났다.

「복서! 복서! 내려요! 빨리 내려요! 당신을 죽이려고 해!」

클로버가 무서운 소리로 부르짖었다.

모든 동물들이 「내려요, 복서. 내려요!」하고 고함을 질렀다. 그러나 마차는 이미 속력을 내며 그들로부터 멀어져 가기 시작했다. 클로버가 말한 소리를 복서가 알아들었는지는 분명치 않았다. 그러나 잠시 후 그의 얼굴이 창문 뒤로 사라지더니 마차 안에서 쿵쿵 하는 말발굽 소리가 커다랗게 들렸다. 그는 나갈 문을 찾고 있었다. 복서가 몇 번 차기만 하면 마차쯤은 성냥갑처럼 부숴버릴 수 있었던 시절이 있었다. 그러나 슬프다! 그런 힘이 사라진 것이다.

잠시 후 쿵쿵거리던 발굽 소리는 희미해지다가 없어져버렸다. 절망에 빠진 동물들은 마차를 끄는 두 마리 말에게 멈추어 달라고 호소하기 시작했다.

「동무, 동무! 당신 형제를 죽음으로 끌고 가지 말아요!」

그러나 멍청한 짐승들은 너무나 무지해서 사태를 깨닫지 못하고 그저 귀를 뒤로 늘어뜨리고 걸음을 재촉할 뿐이었다. 복서의 얼굴은 다시는 창에 나타나지 않았다. 누군가가 먼저 달려가서 다섯 판자 문을 닫을 생각을 했지만 이미 시간이 늦었다. 마차가 그 문을 통과하여 급히 한길로 사라지고 있었다. 복서는 다시는 보이지 않았다.

사흘 후 늦게, 복서는 말이 받을 수 있는 온갖 치료를 다 받았음에도 불구하고 윌링턴의 병원에서 죽었다는 발표가 있었다. 스퀼러가 이 소식을 다른 동물들에게 전하러 왔다. 그는 복서의 마지막 몇 시간을 지켜보았다는 것이다.

「이제껏 내가 보아 온 다른 어떤 것보다도 가장 가슴 아픈 장면이었습니다.」

스퀼러는 앞다리를 들어 눈물을 훔쳐내면서 계속해서 말했다.

「나는 그가 운명하는 마지막 순간에 그의 침대맡에 있었소. 거의 말도 할 수 없을 만큼 기운이 쇠약해진 끝에 그는 내 귀에 대고 풍차를 완성하기 전에 세상을 뜨는 것이 유일한 슬픔이라고 속삭였소. '전진합시다, 동무들!' 하고 그는 속삭였소. '봉기의 이름으로 전진합시다. 동물농장 만세! 나폴레온 동무 만세! 나폴레온은 언제나 옳다.' 이것이 그의 마지막 말이었소, 동무.」

여기서 스퀼러의 태도가 갑자기 바뀌었다. 그는 잠시 동안 침묵에 잠겼다. 그의 조그만 눈동자가 이리저리 의심스럽게 쏘아보더니 말을 이었다.

복서가 실려간 후 어리석고도 악의에 찬 풍문이 떠돌았다는 것을 자기가 알게 되었다는 것이었다. 몇몇 동무들은 복서를 싣고 가는 마차에 '말 도살'이라고 씌어 있는 것을 보고 실제로 복서가 말 백정에게 넘겨진다는 결론으로 비약했다는데 어떤 동물이 그렇게 어리석을 수 있는지 도저히 믿어지지 않는다고 스퀼러는 말했다. 그는 꼬리를 뻣뻣이 하여 이리저리 흔들면서 친애하는 수령 나폴레온 동무가 그 정도로밖에 생각될 수 없느냐고 분통을 터뜨리며 소리소리 질렀다.

그의 설명은 정말 아주 간단했다.

그 마차는 전에는 말 백정의 소유였으나 수의사가 사들여 옛 이름을 페인트로 아직 지워 없애지 못했다는 것이었다. 오해가 생긴 것은 그 때문이었다.

동물들은 이 말을 듣고 마음을 놓았다. 그리고 스퀄러가 연이어 복서가 임종하던 침대라든가 그가 받았던 경이적인 치료술, 나폴레온이 비용을 생각하지 않고 지불한 값비싼 약품들에 대해 거침없이 생생하게 설명하자 그들의 마지막 의심마저 사라졌고 자기네 동무의 죽음에서 느낀 슬픔은, 적어도 그는 행복하게 죽어갔다는 생각으로 진정되었다.

나폴레온은 몸소 다음 일요일 아침에 있었던 회합에 나타나 복서를 찬양하는 짤막한 연설을 했다. 그는 애통스런 동무의 유해를 농장에 매장하기 위해 찾아오는 것은 불가능했지만 농장집 정원의 월계수로 커다란 화환을 만들라고 지시하여 복서의 무덤에 놓아두도록 보냈다고 말했다. 그리고 며칠 내로 돼지들은 복서를 기리는 추모연을 갖기로 했다는 것이었다. 나폴레온은 복서가 즐겨 외던 '내가 좀 더 일하지.'와 '나폴레온 동무는 항상 옳다.'는 두 개의 격언을 상기시키면서 모든 동무들이 그 격언을 자기 것으로 만들면 좋을 것이라는 말로 연설을 끝냈다.

연회를 열기로 한 날 식료품상 마차가 윌링턴에서 농장집에 커다란 나무 상자 하나를 배달했다.

그날 밤, 떠들썩한 노랫소리가 난 데 이어 난폭하게 싸우는 것 같은 소리가 들렸고 열한시쯤 커다랗게 유리 깨지는 소리가 나는 것으로 끝났다.

이튿날 점심때까지 농장집에서는 아무도 얼씬거리지 않았으며, 돼지들이 어디선가 돈을 얻어 자기들이 마실 위스키 한 상자를 샀다는 소문이 돌았다.

제10장

수년의 세월이 흘렀다. 계절이 몇 번이나 바뀌었고 수명이 짧은 동물들은 세상을 떠났다. 클로버와 벤자민, 갈가마귀 모제스 그리고 상당수의 돼지들을 제외하고는 봉기 전의 옛날을 기억하는 자가 아무도 없는 시절이 온 것이었다.

뮤리엘은 죽었다. 불루벨, 제씨 그리고 핀처도 죽었다. 존스 씨 역시 죽었다──그는 이 지방 다른 고을의 주정뱅이 수용소에서 죽었던 것이다. 스노볼은 모두의 기억에서 사라졌다. 복서에 대한 기억은 그를 알던 몇몇을 제외하고는 모두에게서 사라졌다. 클로버는 관절이 뻣뻣해지고 눈곱이 자주 끼는 늙고 뚱뚱한 암말이 되었다. 그녀는 정년을 2년이나 넘겼지만 어떤 동물도 사실상 은퇴하지는 않았다. 은퇴한 동물들을 위해 목장 귀퉁이를 할당한다는 이야기도 오래 전에 없어져 버렸다. 나폴레온은 이제 3백 파운드나 가는 장년의 수퇘지가 되었다. 스퀼러는 너무 살이 쪄서 간신히 눈을 뜰 정도였다. 오직 벤자민 영감만이 콧등 쪽이 희끄무레해졌고 복서가 죽은 다음에는 전보다 더 침울하고 과묵해졌을 뿐 전과 거의 다름없었다.

농장의 동물은 초기에 예상했던 만큼 그렇게 많이 증가하지는 않았지만 제법 숫자가 늘어났다. 이 농장에서 태어난 많은 동물들에게는 '봉기'란 입에서 입으로 전해지는 희미한 전설에 불과했으며, 다른 데서 팔려온 동물들은 자기들이 이곳에 오기 전까지는 봉기 따위의 이야기를 들어 본 적도 없다는 것이었다.

농장에는 클로버말고도 세 마리의 말이 있었다. 그들은 아주 늘씬한 짐승들로 자발적으로 일하는 선량한 동무지만 멍청했다. 그들 중 어느 누구도 알파벳을 B자 이상 배울 수 없다는 것이 증명되었다. 그들은 자기들이 거의 어머니처럼 존경하는 클로버로부터 봉기와 동물주의의 원칙에 대해서 이야기를 듣고 그 모든 것을 다 받아들였지만 그걸 얼마큼이나 이해했는지는 의심스러웠다.

농장은 더 번창하고 조직이 잘 되어 있었다. 필킹톤 씨로부터 밭을 두 뙈기나 구입하여 농지가 훨씬 넓어졌다. 풍차도 마침내 성공적으로 완성되었고, 농장은 탈곡기와 건초 운반기를 소유하게 되었으며, 여러 채의 새 건물이 증축되기도 했다.

윔퍼는 자신이 쓸 이륜 마차를 사들였다. 그러나 풍차는 어떻든 발전에는 사용되지 않았다. 그것은 곡식을 빻는 데 사용되어 엄청난 이

득을 안겨 주었다. 동물들은 또 다른 풍차를 세우느라 열심히 일하고 있다. 그게 완공되면 발전기가 설치되리라는 이야기가 있다.

스노볼이 동물들에게 꿈처럼 설명해 준 전등과 냉온수가 설치된 우리며 이로 인해 일주일에 3일만 노동하게 되리라는 사치스러움에 대해서는 더 이상 왈가왈부가 없었다. 나폴레온은 그 따위 생각은 동물주의의 정신에 위반되는 것이라고 비난했다. 가장 진실한 행복은 열심히 일하며 검소하게 살아가는 것뿐이라고 말했다.

어떻든, 농장은 점점 부유해지지만 동물들 자신은 더 이상 부유해지지 않는 것처럼 보였다. 물론 돼지와 개는 빼고 말이다. 이것은 아마 돼지와 개의 수가 너무 많은 탓도 있을 것이다. 이들 동물들도 자기들 나름으로 일을 안 하는 것은 아니었다. 스큅러가 지칠 줄 모르고 내세우듯 농장의 감독과 조직을 위해 끊임없이 일했다. 이런 일의 대부분은 다른 동물들이 너무 무지해서 이해할 수 없는 종류의 것이었다.

예를 들면 스큅러는 돼지들이 '문서', '보고서', '의사록', '각서'라고 불리는 신비한 일에 종사하느라 매일매일 굉장한 노동을 해야 한다고 그들에게 말했다. 그런 것들은 글씨를 쓴 표지로 단단히 장정한 커다란 종이쪽지인데, 그렇게 포장이 다 끝나면 곧 아궁이에 태워 버렸다. 이런 것들이 농장의 복지를 위해 가장 중요하다고 스큅러는 말했다.

그러나 개나 돼지들이 그들 자신의 노동으로 식량을 생산하는 일은 털끝만치도 없었다. 그들 숫자는 상당히 많았고 그들의 식욕은 언제나 대단히 왕성했다.

다른 동물로 말하자면, 그들이 알고 있는 한 그들의 삶이란 늘 매한가지였다. 그들은 전반적으로 굶주렸고 짚 위에서 잠을 잤으며 우물에서 물을 마셨고 들에서 노동했다. 겨울이면 추위로 고생했고 여름이면 파리에 시달렸다.

때로는 그들 중 몇몇 늙은이들이 희미한 기억들을 쥐어짜서 존스 씨가 추방된 지 얼마 안 되던 봉기 초기의 사정이 지금보다 더 좋았던가 나빴던가를 판단해 보려고 애를 썼으나 기억해 낼 수가 없었다. 현재의 생활과 비교할 수 있는 자료들이 없었던 것이다. 그들에게는 스퀄러의 숫자 목록밖에 판단할 자료가 없었는데 그 자료는 모든 게 더욱더 훌륭히 개선되고 있다는 것을 천편일률적으로 나열한 것에 불과했다. 동물들은 이 문제를 해결할 수 없음을 깨달았다. 어떻거나 간에 그들은 이제 이런 일들을 생각할 틈이 거의 없었다. 오직 벤자민 영감만이 자기의 긴 생애를 세세히 기억하며 더 좋아질 수도 더 나빠질 수도 없고 그런 적이 있어 본 적이 없었노라고 실토하는 것이었다. 그의 이야기인즉 굶주림, 고생, 좌절이 삶의 불변의 법칙이라는 것이다.

그래도 동물들은 희망을 버리지 않았다. 더욱이 그들은 한 순간이라도, 자기들이 동물농장의 구성원이란 명예심과 특권의식을 잃지 않았다. 그들은 여전히 이 고을 전체에서——그리고 영국 전체를 통틀어 동물들에 의해 소유, 운영되는 유일한 농장에 살고 있는 것이다. 그들 중 누구도, 가장 어린 새끼도, 10∼20마일 떨어진 농장에서 끌어온 신참자들마저 이 점에 대해서 놀라지 않았다.

그리고 그들이 총 쏘는 소리를 듣고 게양대에 푸른 기가 펄럭이는 모습을 볼 때 그들은 끊임없는 자부심에 부풀어올랐고, 화제는 항상 옛날의 영웅적인 시절, 존스 씨의 추방, 7계명의 계시, 침입해 왔던 인간들을 패배시킨 위대한 전투 이야기로 돌아갔다. 옛날에 품었던 꿈 중 그 어느 것도 포기한 것은 없었다. 메이저가 예언한, 영국의 푸른 들판이 인간들의 발에 밟히지 않을 '동물공화국'은 여전히 추앙되고 있었다. 언젠가는 그것이 오리라, 지금 당장은 아닐지 모른다, 지금 살아 있는 동물들의 생애에 이루어지지 않을지도 모른다. 그러나 그날은 오고 있다.

〈영국의 동물들〉 가락마저 콧소리로 여기저기서 남몰래 불려지곤 했다. 어떻든 농장의 동물들은 소리내어 부를 수는 없었지만 모두가 그 노래를 알고 있는 것은 사실이었다. 그들의 삶이 고되고 그들의 희망이 하나도 이루어지지 못했을지 모르지만 그들은 자기네가 다른 동물들과 같지 않다는 것을 의식하고 있었다.

그들이 배고프다면 그것은 전체적인 인간들에 의해 사육되지 않기 때문이며, 그들이 고생스럽게 일한다면 적어도 그들 자신을 위해 일하는 것이었다. 그들 중 누구도 두 다리로 걷지 않았다. 어떤 동물도 다른 동물을 '주인님'이라고 부르지 않았다. 모든 동물이 평등했다.

초여름의 어느 날 스퀼러는 양들에게 자기를 따라오라고 명령을 내리고 농장 저쪽 끝, 어린 자작나무들이 무성하게 자란 황무지로 데리고 갔다. 양들은 하루 종일 스퀼러의 감독 아래 나뭇잎을 갉아먹으며 지냈다. 저녁이 되자 스퀼러는 혼자서 농장집으로 돌아갔다. 그는 양들에게 날씨가 따뜻하니 그곳에 그대로 머물러 있으라고 지시했다. 거기서의 외박은 일주일 만에 끝났는데 그 동안 다른 동물들은 그 양들을 전혀 만나지 못했다. 스퀼러는 하루의 대부분을 그들과 함께 지냈다. 그는 그들에게 비밀을 요하는 새로운 노래를 가르치기 위해서라고 했다.

양들이 돌아온 직후의 일이었다. 동물들이 일을 끝내고 농장 건물로 돌아오고 있던 어느 상쾌한 저녁에 무시무시한 말 울음소리가 마당에서 들려왔다. 동물들은 깜짝 놀라 제자리에 우뚝 섰다. 그것은 클로버의 음성이었다. 그녀가 다시 소리를 지르자 동물들은 모두 뛰어서 마당으로 달려들어갔다. 그때 그들은 클로버가 보았던 광경을 보았다.

돼지 한 마리가 뒷발로 걷고 있었다.

그렇다, 그자는 스퀼러였다. 그 커다란 몸집이 그런 자세를 지녀본 적이 거의 없는 것처럼 약간 뒤뚱뒤뚱했지만 완벽하게 균형을 잡으면서 그는 마당을 이리저리 거닐었다. 그리고 잠시 후, 농장집 문으로부터 기다란 돼지 행렬이 쏟아져 나왔는데 모두가 하나같이 뒷다리로 걷고 있었다. 어떤 것은 다른 것보다 더 잘 걸었고 한둘은 조

동물농장 151

금 뒤뚱거려 지팡이를 짚고 다니는 것이 좋을 법하게 보였지만 모두
가 마당을 제대로 걸어다니는 데 성공적이었다. 그리고 마침내 무시
무시한 개 짖는 소리와 수탉의 날카로운 울음소리가 나더니 나폴레
온 자신이 위엄 있게 꼿꼿이 서서 좌우로 의젓한 시선을 던지며 주위
에 맴도는 개들을 데리고 나타났다.

그는 앞다리에 채찍을 들고 있었다.

죽음과 같은 침묵이 찾아왔다. 놀라움과 공포심에 질려 한데 몰려
있는 동물들은 마당을 돌며 천천히 행진하는 돼지들의 긴 행렬을 바
라보았다. 마치 세상이 뒤집힌 것 같았다. 첫 충격이 가라앉자 그들
은 개에 대한 공포심에도 불구하고, 그리고 몇 해를 거치는 동안에
형성된, 어떤 일이 벌어져도 불평하지 않고 비판하지 않는다는 습관
에도 불구하고 몇 마디 항의의 말을 뱉을 참이었다. 그러나 바로 그
순간에 신호를 받은 것처럼 모든 양들이 커다란 소리로 외치기 시작
했다.

「네 다리도 좋지만 두 다리는 '더 좋다!' 네 다리도 좋지만 두 다리
는 '더 좋다!' 네 다리도 좋지만 두 다리는 '더 좋다!' 」

그 고함이 끊임없이 5분 동안 계속되었다. 양들이 조용해졌을 때
는 돼지들이 농장집으로 돌아간 뒤여서 항의를 내놓을 기회를 잃었
다.

벤자민은 누군가가 자기 어깨에 코를 비비는 것을 느꼈다. 그가 돌
아보았다. 클로버였다. 그녀의 눈은 전보다 더 흐릿하게 보였다. 그

녀는 아무 말 없이 그의 갈기를 끌어 7계명이 씌어 있는 큰 창고 끝으로 그를 데리고 갔다. 1, 2분 동안 그들은 타르 칠을 한 벽에 쓰인 흰 글씨들을 응시하며 서 있었다.

마침내 그녀가 말했다.

「내 시력이 약해졌어요. 하긴 내가 젊었을 때도 저기에 쓰인 것을 읽을 줄을 몰랐지만요. 그렇지만 저 벽이 아주 달라진 것처럼 보이는군요, 벤자민. 7계명이 전의 것과 똑같은 것이에요?」

이번만은 자기 규율을 깨뜨리기로 벤자민은 마음먹었다. 그리하여 벽에 적혀 있는 것을 그녀에게 읽어 주었다. 거기에는 단 하나의 계명 외에는 아무것도 없었다. 그것은 다음과 같았다.

모든 동물들은 평등하다.
그러나 어떤 동물들은
다른 동물들보다 더욱 평등하다.

이런 일이 있고 난 다음 농장 작업을 감독하고 있는 돼지들이 모두 앞발에 채찍을 갖고 있는데도 조금도 이상하게 보이지 않았다. 돼지들이 라디오를 구입해 놓았으며 전화 시설을 신청하였고 《존 불, 팃비츠》와 《데일리 미러》를 예약 구독했다는 것이 알려졌는데도 이상하게 느껴지지 않았다.

나폴레온이 입에 파이프를 물고 농장집 정원을 산책하고 있는 것을 보아도, 아니, 돼지들이 옷장에서 존스 씨의 옷을 꺼내 입고 나폴레온 자신은 검정코트와 사냥바지를 입고 가죽 각반을 찼으며 그가 귀여워해 주는 암돼지가 존스 씨 부인이 일요일에나 입던 무늬 있는 명주옷을 입고 나타날 때에도 조금도 이상하게 느껴지지 않았다.

일주일이 지난 어느 오후 여러 대의 이륜 마차가 농장으로 들어왔다. 이웃 농장들의 대표단이 초대를 받은 것이다. 그들은 농장을 두루 돌아보면서 보이는 것마다 모두, 특히 풍차에 대해 대단한 찬사를 보냈다. 동물들은 순무 밭에서 잡초를 뽑고 있었다. 그들은 땅에서 얼굴을 거의 들지도 않고, 돼지와 방문해 온 인간들 중 어느 편이 더 무서운 존재인가를 의식하지도 못한 채 부지런히 일을 하고 있었다.

그날 저녁 농장집에서 왈자지껄한 웃음소리와 노랫소리가 터져 나왔다. 그런데 갑자기 뒤섞인 소리들 때문에 동물들은 호기심이 부쩍 일어났다. 동물들과 인간들이 평등한 지위로 처음 만나고 있는 저 안에서 지금 무슨 일이 벌어지고 있을까? 그들은 일제히 농장집 정원으로 가능한 한 조용히 기어 들어가기 시작했다.

출입문에 이르자 들어가기가 약간 겁이 난 그들은 걸음을 멈추었다. 그러나 클로버가 선두에 나서서 안으로 들어갔다. 그들은 뒤꿈치를 들고 집으로 다가갔고 키가 큰 동물들은 식당 창문으로 들여다보았다.

거기에는 둥그런 식탁이 놓여 있었다. 그 주위에 농부 여섯 명과 여섯 마리의 고위층 돼지들이 앉았으며 나폴레온 자신은 식탁 머리

주빈석을 차지하고 있었다. 돼지들이 의자에 앉아 있는 모습이 아주 편하게 보였다. 그들은 카드놀이를 즐기다가 축배를 들기 위해 잠시 놀이를 중단하고 있었다. 커다란 주전자가 돌았고 잔은 맥주로 채워지고 있었다. 창문으로 들여다보며 놀라고 있는 동물들의 얼굴에 아무도 주의를 기울이지 않았다.

폭스우드 농장의 필킹톤 씨가 손에 잔을 든 채 일어났다. 잠시 후 축배를 들자고 권하겠지만 그 전에 꼭 해야 할 몇 마디를 이야기하겠다고 그가 말했다.

「오랜 동안의 불신과 오해가 이제 종말을 고하게 되었다고 생각하니 나 자신이나 여기 있는 다른 모든 이에게도 대단히 만족스러운 일로 생각됩니다. 한때는 나 자신이나 여기 있는 어느 누구도 그 같은 감정을 갖지 않았지만 서로 이웃하고 있는 인간들이, 존경하는 동물농장 주인에 대한 적개심이라기보다 얼마쯤의 의구심을 가진 적이 있었습니다. 불행한 사태가 돌발했고 잘못된 생각들이 퍼졌습니다. 돼지들이 소유, 경영하는 농장이 존재한다는 것은 어딘가 비정상적이고 이웃들에게 불안한 영향을 미칠 수 있다고 생각되어 왔습니다. 상당수의 농부들은 제대로 알아보지도 않고 이런 농장에서는 방종과 무질서의 정신태도가 지배할 것이라고 속단했습니다. 그들은 자기들의 동물들뿐만 아니라 심지어 일꾼들에게까지 영향을 끼칠까봐 신경을 세웠으나 이런 모든 의심은 이제 사라졌습니다.

오늘 우리가 동물농장을 방문해서 직접 구석구석을 시찰한 결과 우리들이 발견한 것은 무엇이었습니까? 가장 최신의 영농방법뿐만 아니라 모든 농장주에게 귀감이 될 훈련과 질서였습니다. 동물농장의 하급 동물들이 일은 더 많이 하고 식량은 이 지방 어떤 동물들보다 적게 받습니다. 사실 우리들이 오늘 관찰한 여러 특징들을 자신의 농장들에 곧 도입시킬 것입니다.」

그는 동물농장과 그 이웃들 간에 있어 왔고 또 존속해야 할 우의를 다시 한 번 강조하는 것으로 연설을 끝내겠다고 말했다.

「돼지와 인간 사이에는 어떤 형태로든 이해의 충돌이 있지 않고 또 있을 필요도 없습니다. 그들이 지향하는 투쟁과 그들이 당면하는 과제는 같은 것입니다. 노동문제는 어디서든 똑같이 일어나지 않습니까?」

필킹톤 씨는 여기까지 말하다가 미리 심사숙고하여 준비한 몇몇 재담을 좌중에 털어놓을 참이었다. 그런데 그런 이야기를 할 수 있다는 게 너무 즐거운 나머지 잠시 말을 끊지 않을 수 없었다. 그는 여러 겹으로 된 턱이 뻘겋게 될 정도로 한참 동안 숨차 하더니 겨우 말을 꺼냈다.

「여러분들이 여러분의 하층 동물들과 다투어야 한다면 우리는 우리대로 다투어야 할 하층 계급이 있단 말입니다!」

이 재치 있는 말은 좌중을 박장대소하게 만들었다. 필킹톤 씨는 다시 한번 돼지들에게 그가 동물농장에서 관찰한 적은 식량 배급, 긴 작업 시간 및 전반적인 자유의 결여를 실시하는 데 대해 치하를 아끼지 않았다.

그런 다음 그는 마지막으로 모두가 일어나 잔을 채우자고 말했다.

「신사 여러분. 신사 여러분, 자, 건배합시다. 동물농장의 번영을 위해!」

필킹톤 씨는 결론으로 말했다.

열광적으로 박수를 치며 발 구르는 소리가 들렸다. 나폴레옹은 너무나 흡족한 나머지 자기 자리에서 일어나 필킹톤 씨 쪽으로 돌아와 잔을 부딪친 다음 술잔을 비웠다. 박수 소리가 가라앉자 그 자리에 서 있던 나폴레옹은 자기 역시 몇 마디 해야겠다고 말했다.

다른 모든 연설에서도 그랬던 것처럼 나폴레옹의 연설은 짧고 요점만 집약된 것이었다.

「저 역시 오해의 시대가 끝난 것이 다행스럽게 생각됩니다. 저와 제 동료들의 성격 속에는 파괴적이요, 심지어 혁명적인 그 무엇이 있다는 소문이 오랫동안 떠돌았습니다(악의에 찬 어떤 적이 퍼뜨렸는데 그렇게 생각할 만한 근거를 갖고 있다는 것이었다). 그들은 이웃 농장들의 동물들에게 반란을 선동하려 했다고 믿어 왔습니다. 이처럼 진실과 동떨어진 맹랑한 일은 있을 수 없습니다. 우리들의 유일한 소망은 이웃들과 평화롭게, 그리고 정상적인 거래 관계를 맺으며 사는 것입니다.」

그는 덧붙여 그가 통치할 영광을 가진 이 농장이야말로 협동기업체라고 말했다. 자기 자신이 소유하고 있는 지권(地券)은 돼지들의 공동 소유라는 것이었다. 그는 옛날의 의혹이 지금껏 남아 있다고 믿지는 않지만 최근 들어 이 농장의 일상사에는 뚜렷한 변화가 일어났는데, 그 변화가 서로의 신뢰감을 더욱 돈독히 증진시키는 효과를 줄 것이라고 말했다. 즉 지금까지 이 농장의 동료들은 서로를 '동무' 라고 부르는 어리석은 습관을 지켜 왔으나 곧 금지될 것이다. 그리고 기원을 알 수 없는 아주 괴상한 습성이 있는데 그것은 일요일 아침마다 정원의 기둥에다 못박아 놓은 수퇘지 해골 앞으로 행진하는 일로서, 이것 역시 금지될 것이며 해골은 이미 땅에 묻었다는 것이다.

「방문객들은 또한 게양대에서 펄럭거리는 녹기를 보았을 것입니다. 보았다면 전에 그려져 있던 발굽과 뿔이 지워져 있음을 주의했을 것입니다. 이제부터 그것은 단순한 녹기에 불과할 것입니다.」

그는 필킹톤 씨의 우정 어린 훌륭한 연설에 대해 단 하나 비판할 게 있다고 말했다. 필킹톤 씨는 시종 '동물농장' 으로 표현했는데, 그가 물론 알 수 없겠지만——왜냐하면 나폴레온 자신이 지금에야 처음으로 그 말을 하는 것이니까—— '동물농장' 이란 이름은 폐지되었고, 앞으로 이 농장은 '매너농장' 이라는 본래의 올바른 이름으로 알려질 것이라고 말했다.

나폴레온은 결론으로 말했다.

「신사 여러분, 나는 여러분에게 전과 똑같이, 그러나 다른 형식으로 건배하겠습니다. 잔을 끝까지 채우십시오. 신사 여러분, 건배합시다. '매너농장' 의 번영을 위해!」

조금 전과 마찬가지로 마음속에서 우러난 박수가 일었고 모두들 술잔을 비웠다.

그러나 밖에 있는 동물들이 그 장면을 보았을 때, 그들에게는 어떤 묘한 일이 일어나고 있는 것처럼 느껴졌다. 돼지들의 얼굴을 변하게 한 것은 무엇인가? 늙은 클로버의 희미한 눈동자가 이 얼굴 저 얼굴로 움직였다. 어떤 돼지들은 다섯 겹의 턱이었고 어떤 건 네 겹의 턱이, 어떤 건 세 겹의 턱이 져 있었다. 그런데 흐물흐물하고 달라지게 보이게끔 만든 것은 무엇인가?

박수가 끝났고 일행은 카드를 들어 중단되었던 게임을 계속했다. 그러자 동물들은 슬그머니 빠져나갔다.

그들은 20야드도 못 가 문득 걸음을 멈추었다. 아우성치는 소리가 농장집에서 터져 나왔기 때문이다. 그들은 되돌아 뛰어가 다시 창문으로 들여다보았다. 그렇다, 격렬한 논쟁이 벌어지고 있었다. 고함을 지르고 책상을 탕탕 치며 찌를 듯한 의혹에 찬 눈초리를 번득이고 화를 내며 그렇지 않다고 떠들어댔다. 싸움의 발단은 나폴레옹과 필킹톤 씨가 각각 동시에 스페이드의 에이스를 갖고 있는 데에서 기인한 것으로 밝혀졌다.

12명의 분노한 음성이 터져 나왔는데 그 목소리들이 모두 한결같았다.

자, 그러고 보니 돼지들의 얼굴에 무슨 변화가 있었는지 의심할 여지가 없었다. 바깥에서 지켜보던 동물들의 시선은 돼지로부터 인간

에게, 인간으로부터 돼지에게, 다시 돼지로부터 인간에게 왔다갔다
했다. 그러나 어떤 것이 어떤 것인지 분간하기란, 사람이 돼지인지
돼지가 사람인지 구별하기란 이미 불가능해져 있었다.

작가와 작품 해설

조지 오웰의 생애와 작품 세계

　조지 오웰은 1903년 6월 25일 인도 벵골 주 모티하리에서 세관 하급관리의 둘째아들로 태어났다. 본명은 에릭 아더 블레어이다. 그는 부친이 퇴직 후에 귀국하여 영국의 이튼 학교에 입학하였다. 그러나 대학 생활과 속물적인 생활에 염증을 느껴 1921년에 버마로 건너가서 버마 주재 인도 경찰국에서 5년 간 근무하였다. 그는 영국의 식민 통치를 비난하고 고발하는 입장에서 식민지 관리였던 자신에 대하여 자책하기도 했다. 『버마 시절』과 수필집 『코끼리를 쏘다』에는 거기에서 겪은 체험과 그가 느낀 죄책감이 잘 나타나 있다.

　결국 그는 제국주의에 대한 혐오로 인해 경찰직을 그만두고 런던과 파리를 전전하면서 작품 활동을 하였으나 작가로서 인정받지 못하고 접시 닦이, 가정교사, 삼류 사립학교 교사, 서점 점원 등의 직업을 거치면서 생활고를 경험하게 된다. 이때 노동계급 속에 깊숙이 파고들어 그들의 생활을 몸소 겪음으로써 처녀작『파리와 런던의 최저 생활』을 내놓았다. 이것은 그당시의 궁핍했던 생활과 관심의 단면을 보여주는 것으로서 프랑스와 비교해서 영국의 부랑자 대책을 비난한 피카레스크적 요소를 드러낸다.

1935년 말경에는 영국 에식스 지방에 정착하여 양계장, 술집 등을 경영했으며, 1936년 여름에 결혼하였다. 이 시기에 그는 스페인 내란에 참여하여 무정부주의자들의 부대에 배속되어 싸우다가 심한 부상을 입었다. 이후에 다시 영국으로 돌아와 국제 의용군의 내정을 들추고 공산당의 배신 행위를 규탄하는『카탈로니아 찬가』를 발표함으로써 자신의 생생한 증언을 남겼다. 1937년에는『와이건 부두로 가는 길』을 써서 프롤레타리아 농공업자들의 생활상을 그려내었고, 스페인 내란에 참가한 경험을 바탕으로 하여『카탈로니아에 대한 충성』이라는 소설을 구상하였다.

폐가 나빠져서 고통을 받는 와중에도 제2차 세계대전이 일어나자 군복무를 지원하였지만, 육군에서 받아들이지 않아 국방시민군에 근무하였다. 전쟁이 끝나자 그는 병의 악화에도 불구하고 두 편의 걸작 『동물농장』과『1984년』을 발표하였다.

1945년에 출판된『동물농장』은 소비에트 공산사회를 풍자하는 작품으로 당시 대단한 반향을 불러일으켰던 문제작이었다. 그리고 『1984년』 역시 가공할 전체주의 사회를 풍자한 미래 소설로서 다가올 반유토피아적인 세계를 묘사하고 있다. 그는 이러한 위대한 작품을 뒤로하고 1950년 1월 23일, 각혈 끝에 47년의 생을 마감하였다.

오웰은 본질적으로 정치적인 작가라고 할 수 있다. 다만 어느 특정한 정치 이념을 표방하거나 이를 반대하기 위해서 쓴 것이 아니라, 자유주의적인 입장에서 개성의 존립을 위협하는 '전체'라는 허수아비와 맞선 작가였던 것이다.

작품 줄거리 및 해설

『동물농장』은 영국 해학문학의 전통을 이어받아 동물을 의인화시켜 인간 제국을 풍자한 우화 소설이며, 러시아 혁명 이후 스탈린 시대의 권력체제를 모델로 한 정치 풍자 소설이다. 이 소설의 등장인물과 사건들은 러시아 혁명의 역사적·정치적 배경에서 찾아볼 수 있다.

동물들의 반란은 1917년 10월의 러시아 혁명을, 농장주 존스 시대는 러시아 혁명에서 사라진 니콜라스 2세 정권을 말한다. 우직할 정도로 성실하게 일하는 복서는 근로 대중을 상징하고 있으며, 풍차 건설 운동은 1928년에 시작된 제1차 5개년 경제계획을 비롯하여 여러 차례 실패한 경제 계획을, 농장에 위협적인 인물 필킹톤은 서구 자본주의 진영을, 프리데릭은 독일을 중심으로 한 파쇼 진영을 가리킨다. 메이저의 연설은 마르크스의 공산당 선언을 말하며, 새로이 계급 사회화되어 자본주의 체제와 동화되는 공산주의 사회의 실상이 『동물농장』의 사건 과정에서 재현되고 있다.

조지 오웰이 스페인 내란에 참전하여 공산주의 체제에 환멸을 느끼고 쓰게 된 것이 바로 『동물농장』이다. 일차적으로는 소련 공산주의 정치체제의 실태를 겨냥한 것이었지만, 이차적으로는 이상적인 공약에서 출발하는 모든 혁명을 겨냥한 것이기도 하다.

존스 씨가 소유하고 있는 농장에서 어느 날 밤 남몰래 동물들이 모여 회의를 연다. 늙은 수퇘지 메이저의 이상한 꿈에 관한 보고를 듣고서, 인간을 추방해야 한다는 외침소리가 드높아졌다. 그러다가 마침내 동물들의 쿠데타가 성공하여, 사람들을 모두 몰아내고 '동물농장'이라는 이름을 붙였다.

충직한 말인 복서를 비롯하여 모든 동물들이 열심히 일한 덕분에 농장은 크게 번영한다. 특히 돼지들의 세력이 점점 커지기 시작하여 결국 나폴레온이 절대권을 장악하게 된다. 돼지들의 지배하에 있는 농장에 대립이 생기기도 하지만, 나폴레온의 지배권은 확고부동했다.

이윽고 겨울이 찾아와 식료품이 부족해지자, 동물들은 희망을 하나하나 잃어버리게 된다. 나폴레온을 배반한 동물들은 사형에 처해졌고, 지금까지 즐겨 부르던 노래 〈영국의 동물들〉을 부르는 것조차 금지되었다.

동물들이 힘을 모아 풍차를 완성하였으나, 인간들의 침략으로 파괴되어 버리고, 충성스러운 말 복서는 싸움터에서 입은 부상과 피로로 인해 쓰러지고 말았다. 그때 그를 입원시키기 위해 온 병원 마차가 도살장에서 온 것이라는 벤자민의 말에 또 한바탕 분쟁이 일어나지만, 얼마 뒤에 곧 복서의 사망이 공표된다.

여러 해에 걸쳐 동물농장은 계속 번창한다. 그러나 내부의 대립이 있었고, 돼지와 개를 제외한 동물 가운데 배고픔을 호소하는 동물도 많았다. 마침내 나폴레온은 인간을 농장에 초대하고, 농장 이름을 다시 '매너농장'으로 바꾸고, 돼지와 인간의 협력이 필요함을 역설하게 된다.

앞에서도 잠깐 언급했듯이 이 작품은 1917년 이후의 러시아 혁명을 충실히 따르고 있다. 농장의 동물이 반란을 일으켜서 주인인 인간을 내쫓는 것은 제정 러시아를 무너뜨린 러시아 혁명이고, 얼마 되지 않아 나폴레온과 스노볼이라는 두 돼지 사이에 불화가 일어나는 것은 스탈린과 트로츠키의 투쟁을 비유한 것이다.

스노볼을 축출한 후에는 전제적 체제가 완성된다. 다른 동물에게는 노동과 복종의 자유밖에는 없고 지배계급은 착취와 수탈 위에 구축되는 호화로운 생활로 되돌아간다. 혁명 초에 내걸었던 구호도 일방적으로 수정되어서 그들의 독재를 합리화한다.

나폴레온이 이웃의 인간 농장과 손을 잡은 것은 1939년에 체결된 독·소 불가침조약을 비꼰 것이다.

　그 밖에도 이 작품에는 권력의 추악상을 여지없이 폭로하는 대목이 허다해서 동물을 빌려 인간을 심판하는 그 본질적인 풍자와 폐부를 찌르는 강렬한 아이러니를 느끼게 해준다.

작가 연보

1903년	6월 25일, 인도에서 세관원의 아들로 출생.
1921년(18세)	버마에서 인도 왕실 경찰에 종사함. 그 뒤 경찰직을 그만두고 유럽의 여러 곳을 전전하면서 궁핍한 생활을 체험함.
1933년(30세)	본격적인 작가 활동 시작. 처녀작인 자전적 소설『파리와 런던의 최저 생활』을 출판.
1934년(31세)	『버마 시절』을 뉴욕에서 출판.
1935년(32세)	『버마 시절』과『목사의 딸』을 런던에서 출판.
1937년(34세)	『와이건 부두로 가는 길』을 런던에서 출판.
1938년(35세)	『카탈로니아 찬가』를 런던에서 출판.
1939년(36세)	『공기를 찾아서』를 런던에서 출판.
1940년(37세)	평론집『고래 속에서』를 런던에서 출판.
1941년(38세)	『사자와 외뿔소』를 런던에서 출판. 존 스트레치와의 공저『죄인의 배반』을 출판.
1942년(39세)	G.D.H 콜과의 공저『승리냐 기득 이익이냐』를 런던에서 출판.
1945년(42세)	『동물농장』을 런던에서 출판.
1949년(46세)	『1984년』출판.
1950년(47세)	런던에서 사망. 평론집『코끼리를 쏘다』가 사망 후 출판.
1953년	『그 즐거웠던 나날』출판.